あひる

今村夏子

目次

あひる

あひるを飼い始めてから子供がうちによく遊びにくるようになった。あひるの名前はのりたまといって、前に飼っていた人が付けたので、名前の由来をわたしは知らない。

前の飼い主は、父が働いていたころの同僚で、新井さんという人だ。新井さんはわたしの家よりもまだ山奥に住んでいた。奥さんが病気で亡くなってからは、のりたまと二人暮らしをしていたのだが、隣りの県で暮らす息子さん一家と同居することが決まり、それでのりたまを手放すことになった。息子さんの家は庭も駐車場もない建売住宅だから、あひるは飼えないのだ。新井さんは、わたしの父にのりたまを託すことにした。

うちには広い庭があった。好都合なことに、ニワトリ小屋まであった。とっくの昔にニワトリはいなくなっていて、小屋の中には錆(さ)びた農具が入れっぱなしになっていた。父はそういう必要のなくなったものを全部処分して、金網を新品に張り替え、壊れたカギも付け替えて、あひる小屋とした。

ニワトリを飼っていたのはわたしがまだ小学生だったころの話だ。くちばしで手の甲をつつかれて血が出て以来、小屋自体に近づかなくなった。毎朝生みたての卵を取ってくるのは弟の役目だった。

二羽いたはずのニワトリがいつからいなくなったのかは覚えていない。死んだのか、手放したのか、食べたのか、どれも記憶にない。いつのまにかいなくなっていた。名前も付いてなかった。当然、ニワトリの顔を見るために、わざわざ我が家を訪ねてくるお客さんなどいなかった。

最初のお客さんは、のりたまが初めてうちにやってきたその日の午後に、早速あった。

二階の部屋で勉強していると、ちょうど下校時間帯なのか、外から小学生くらいの女の子の話し声が聞こえてきた。それがなかなか遠のいていかないので、不思議に思って窓の隙間からのぞいてみると、我が家のガレージの手前で、高学年らしき女の子三人組が立ち止まっておしゃべりをしていた。

「あひるだ」

「かわいい」

と言うのが聞こえた。

しばらくすると、彼女たちはその場でじゃんけんを始めた。そして負けた子が先頭に立ってガレージの横を抜け、家の敷地に入ってきた。

ピンポーン、とチャイムが鳴ったあとに、玄関先で母の応対する声が聞こえた。あひる？　いいよ。好きなだけ見ていって。

あひる小屋の金網越しに、のりたまに話しかける女の子たちの姿が二階の窓からも見えた。「かわいい」と何度も聞こえた。母がそこまで出ているのか、この子なんて名前ですかあ？　とひとりの子が大きな声で縁側に向かって聞いていた。

なんだっけ、忘れたよ、と母はこたえた。女の子たちがそのこたえに笑い声をたてた時、のりたまが「ガッ」とひと声鳴いたので、その場でこの子の名前はガッちゃんだ、ということになった。

礼儀正しい子たちで、最後は母にお礼を言い、「またガッちゃんに会いにきます」と言って帰っていった。そのあとすぐにわたしは外に出て、油性のマジックであひる小屋の扉の木枠の上のところにの、り、た、ま、と書いた。

その翌日にもお客さんは来た。昨日の女の子三人組が、また別の女の子二人を連れてやってきたのだ。チャイムが鳴らされ、母のどうぞ見ていってという声のあとに、こっちこっちと昨日来た子らが庭の奥へ案内していた。あひる小屋の前まで来ると、やっぱりみんな口を揃えて「かわいいね」と言った。

ひとりの子が、「見てこれなんか書いてある」と言った。

ああその子ねえ、のりたまっていう名前だったのよ、と縁側から母が声をかけると、のりたま？　へんなのー、ふりかけじゃん、と笑い声が起こった。

あたしのり子、似てるねえ、とひとりが言ったのをきっかけに、あたしメグミ、あたしナナ、あたしはユリ子、というふうに自己紹介が始まった。五名の女の子はクラスメイトだが、学年が違った。生徒の人数が少ないので五、六年生は同じ教室で勉強するんだ、と母に説明していた。

犬や猫と違って、首をロープでつないだりしなくても、のりたまは逃げていったりしなかった。早朝の散歩を日課にしている父の後ろを、ぺたぺたとついて歩いた。夕方には母が田んぼの周りを散歩させた。わたしも勉強の合間に、庭に出した子供用のプールで水浴びをさせたり、家の周りをぐるっと一周させたりした。よそ見したり、草花をつついたりしながら、後ろをついて歩く姿が、なんとも愛くるしかった。

新井さんはさぞ寂しかろうと、父はのりたまと離ればなれになってしまった元飼い主さんのために、のりたまの写真を何枚か撮り、手紙と一緒に送った。

新井さんからのお礼のハガキはすぐに届いた。ハガキには三人のお孫さんに囲まれて笑っているおじいさんの写真がプリントしてあり、達筆な文字で

「にぎやかな毎日です」と添えられていた。

次の日も、またその次の日にもお客さんは来た。のりたまに会いにくる子供はあとを絶たなかった。

あひる見してくださーい、と元気よく庭を突っ切ってあひる小屋まで駆けていく男の子や、大きなスケッチブックを抱えてのりたまちゃんの絵描かせてください、と訪ねて来る女の子、玄関の前で何も言わずにじっと立ち続けて、母から「あひる見に来たの？」と声をかけられると、ようやく恥ずかしそうにうなずく子もいた。まだ幼稚園にもあがらない子は、お母さんと手をつないでのりたまに会いにきた。

晴れた日には絶えず庭先から子供たちの声が聞こえてくるという状況が何日も続いた。

わたしは終日二階の部屋にこもって、医療系の資格を取るための勉強をしていたので、初めはそんな状況の変化に戸惑った。でもじきに慣れて、気づけば外から聞こえてくる笑い声もあまり気にならなくなっていった。

かわいいお客さんが増えて、父と母は喜んだ。十年前に弟が家を出て行ってから、長らくしんとしていた我が家が突然にぎやかになったのだ。孫がたくさんできたようだと、両親は縁側から庭を眺めながら、顔をほころばせていた。

食事中の話題は、のりたまに会いにくる子供たちに関することばかりになった。元々、わたしたち三人の食事時には話題というものがなかった。あっても、宗教関係のことを母が父にぼそっと伝えて、父がそれに小さくうなずいておしまいだった。

最近の子は足が長いだとか、英語をしゃべるだとか、内容は他愛もないものだが、台所でつけっぱなしになっているラジオの音声が聞こえないくらい張りのある声で、二人ともよくしゃべるようになった。日に焼けた、一番太っている男の子のことを、あの子は将太の小さい時にそっくりだ、と言って笑い合っていた。

　弟の将太は、明るくてわがままで、子供のころは我が家の太陽のような存在だった。ご飯を食べている最中に箸（はし）を握ったまま居眠りし、パッと目を覚ますと何事もなかったかのようにまた食べ始めたりするのが、そばで見ていて面白かった。反抗期を迎えてからは悪い友達に誘われて、万引きやカツアゲをしたり、気に入らないことがあるとすぐ暴力をふるったりと、何かと問題も多かったが、はたちを過ぎるころには徐々に落ち着いてきて、今は市内にアパートを借りて、ひとつ年上の奥さんと二人で暮らしている。仕事が忙しいと言い、車で一時間もかからないほどの距離なのに、最近では顔を見せに帰ってくることもほとんどなくなっていた。

弟夫婦には子供がおらず、それが父と母の心配の種でもあった。孫の顔が見たいと直接言うと弟に怒られるので、滅多に口には出さなかったけれど、母は毎日欠かさず子宝に恵まれるようにと神様の前で手を合わせてお祈りしていた。

母は毎朝三十分、神棚の前から離れなかった。お祈りごとは子授けに関するものに限らなかった。わたしに関する内容のものも、父に関する内容のものもあった。

そしてそこに、のりたまに関する内容のものも加わることになった。

のりたまが我が家にやってきて三週間が過ぎようとしていたころだった。配合飼料や野菜くずだけでなく、魚やお米など、出されるものを何でも平らげていたのりたまの食欲が、徐々に落ち始めていた。父は、今ごろホームシックにでもかかったのか、とのんきに構えていた。母は祈り、わたしは図書館に返したばかりの『あひるの飼い方』をまた借りてきて読み返した。

食欲不振、動きが鈍くなる、口呼吸が速くなる。のりたまの体に現れた症状は本の中の「あひるの病気」という頁の一番最初に載っている、呼吸器の炎症によって引き起こされる症状とそっくりだった。環境の変化やストレスによって免疫力が低下している時に罹(かか)りやすいと書いてある。

来てまだ一ヵ月とたっていなかった。

一日でも早く元気になってほしくて、母もわたしも、初めはのんきにしていた父も、それぞれのやり方でお祈りをした。

遊びにきていた子供たちも、のりたまの様子がおかしいことに気がついた。二階の部屋にいると、外からのりたまを心配する声が聞こえてきた。あひる小屋を囲んで名前を呼びかけたり、お見舞いの花を摘んできて、小屋の前に置いて帰る子もいた。

母はお祈りに一時間近く費やした。

それなのに、のりたまは日増しに衰弱していった。

ある日の夕方、授業を終えて一番乗りでうちへ来た男の子が、

「のりたまっ」

と叫んだ。わたしはその叫び声に驚いて、思わず勉強の手を止めて二階の窓から顔を出した。

男の子はギョッとした顔でこっちを見上げたまま動かなくなった。縁側から出てきた母が、どうしたの、と声をかけるとまっすぐにわたしの顔を指差して、

「人がいる」

と言った。娘よ、と母がこたえた。

わたしが小さくおじぎをすると、向こうも同じように頭を下げた。

もう一度、母がどうしたのと聞いた。その子はハッと我に返ったような顔をして、あひる小屋を指差すと言った。

「のりたまがいない、いなくなってる」

母は落ち着いた調子で言った。のりたまはね、さっきおとうさんが、病院に連れていったのよ。

そうなのだ。その日、わたしが昼前に起きて下へ降りた時、すでに小屋はからっぽだった。父が市内の動物病院までタクシーで運んでいったと母から聞かされていた。

「元気になったら帰ってくるからね。ごめんね」

母がそう言うと、男の子は残念そうに帰っていった。

それからしばらくの間、お客さんはパッタリ途絶えた。あひるのいない我が家には誰も用事がないのだった。家の中は、以前のように静かになった。

のりたまがいなくなって二週間がたった日のお昼過ぎ、昼食を食べ終えたばかりで眠たいのをガマンしながら午後の勉強を始めようとしている時、のりたまは突然帰ってきた。

見慣れない一台の黒のワゴン車が我が家の敷地に入ってきて停まると、作業着姿の男が運転席から降りてきて、庭にいた父と母に「コンチワーッ」と挨拶をした。それから後部座席のドアを開けて、中から正方形のケージを降ろした。

男がカシャンカシャンと手際良く留め金を外して、ケージの扉をスライドさせると、中からのりたまが出てきたのだった。

のりたまが帰ってきた！　わたしは慌てて階段を駆け下りて庭へ出た。

作業着姿の男はあひるの扱いに慣れているのか、のりたまは男の言うことをよく聞いた。ひとしきり庭をぺたぺた歩いたあとに、病気になる前と変わらない足取りで、男に促されるまま小屋の中へ入っていった。それを見ていた父は、「よし」と満足気にうなずいた。

「おかえりのりたま」

わたしは小屋の金網に顔を寄せて、声をかけた。病み上がりのせいか、以前と比べて胴回りがほっそりとして、全体的に小さくなっていた。

こんなに小さかったっけ、と思った。

体のサイズだけではない。しばらく観察していると、ほかにも気になるところが見つかった。

たとえば真っ白に光り輝く羽根。わたしの記憶が確かなら、入院する前ののりたまの羽根はもう少し黄ばんだ色をしていたような気がするのだ。愛くるしい黒い瞳（ひとみ）にしてもそうだった。のりたまの目は黒より灰色に近い色だったような気がする。

決定的なのはくちばしだった。黄色いくちばしの向かって右はしに、墨汁を散らしたような黒いしみがついている。これはのりたまにはなかった特徴だ。

おかしい。

これはのりたまじゃない。

わたしは隣りに並んで立っていた父と母の顔を見上げた。

「どうしたの？」

父と母の声が揃った。二人とも、不安気な目でわたしを見ていた。

のりたまじゃない、という言葉がのどまで出かかった。本物ののりたまはどこ行った？

でも、何も聞けなかった。父と母が緊張した様子で、わたしの次の言葉を待っているのがわかったからだ。

「べつにどうもしない」と、わたしは言った。

のりたまが元気になって帰ってきたという噂はすぐに子供たちの間に広まった。すると、我が家は再びにぎやかになった。子供たちは代わるがわるにやって来て、

「のりたまおかえり」

「元気になってよかったね」

と、あひる小屋に向かって話しかけた。

みんながのりたまの復活を喜んでいた。

父は庭へ出ると、珍しくあひる小屋のカギを開けてやった。再会を喜ぶ子供たちに、自由にのりたまの体をさわらせてあげようというのだ。

帰ってきたのりたまは元気いっぱいだった。子供たちは逃げ惑うのりたま

を追いかけ回した。とうとう庭のすみで挟み撃ちにあい、捕まってしまうと、グエーッと鳴いて大暴れした。それでも無理矢理抱っこしようとする子供の腕と顔を、つややかな羽根で容赦なくバシバシはたいた。

「いてて、やめてくれー」

と、のりたまに顔を叩かれながらも、子供たちは嬉しそうだった。

違うあひるだと気づいた子は、なぜかひとりもいなかった。たしかに日ごろから観察していないと気づかない程度の、わずかな違いではあるのだけれど。

父は一カ月ぶりにのりたまの写真を撮った。病気が治り、すっかり元気になりました、という内容の文章を添えて新井さんに送った。新井さんからはすぐにお礼の手紙とお菓子が届いた。

あひる小屋がからっぽになっていたあの二週間がよほど寂しく感じられた

のか、再び子供たちが我が家の庭先に集まるようになると、父と母は以前にも増して彼らをもてなすようになった。

母は揚げ物をしている最中でも、庭先に人の気配がすると火を止めて表へ出て行き、「いらっしゃい」と笑顔で子供たちを出迎えた。縁側に呼んで、冷たい麦茶をふるまったり、帰りにはアメやバナナを持たせたりした。

父はのりたまと遊ぶ子供たちの姿を何枚も写真に撮り、アルバムにおさめたり、本人に配ったりした。また、あひる小屋の金網のところにS字フックを引っかけて、そこに小屋のカギを吊るしておくことにした。そうすれば、いつでもだれでも自由に小屋のカギを開けて、のりたまを水浴びさせたり散歩させたりすることができる。

おかげで今度ののりたまは運動不足に陥る心配がなかった。わたしが水浴びをさせようとしてあひる小屋の扉を開けても、昨日の遊び疲れがまだとれていないのか、気だるそうに首をわずかに動かすだけで、立ち上がろうともしない日すらあった。

復活してひと月しかたっていなかった。初日の時に見せたような活発さを、のりたまは早くも失くしてしまった。

子供たちは、元気のないのりたまを無理に引っぱり出すようなまねはしなかった。のりたまが動こうとしない日は、あひる小屋の前に座り込んでおしゃべりを楽しんでいた。お尻が汚れないようにと母が貸した敷き物は、わたしが小学生のころに遠足へ行く時に使っていたものだった。勉強の合間に、二階の窓から下をのぞくと、黄色い敷き物に描かれた赤い星の模様がくっきり見えた。ふとおしゃべりの声が止んで静かになったなと思い、もう一度のぞいてみると、全員ひざの上にノートをひろげて、敷き物からはみ出ないよう窮屈な姿勢をとりながら、黙々と宿題をしているのだった。

　ある日、父が運動靴を履いたまま縁側の廊下に腹這(はらば)いになって宿題をしていた男の子に注意をした。父はその男の子に、靴を脱いで家の中へ上がりなさいと言った。そして、目が悪くなるといけないから、これから宿題をする時はこの部屋を使うようにと案内した。そこはいわゆる客間で、弟夫婦が来た時に寝泊まりする部屋でもあった。大きくて低いテーブルと座布団と、エアコンと扇風機と、小さなテレビも置いてある。

　早速、次の日から子供たちのうちの何人かは、学校帰りに一旦我が家に立ち寄って、客間で宿題を済ませてからそれぞれの自宅へ帰っていくようになった。

　家の構造によるものなのか、一階で宿題をしたりおしゃべりをしたりする声は、わたしの部屋にそれほど響いてはこなかった。庭先でのりたまとわいわいがやがややっている時のほうが、はるかににぎやかに感じられた。「おまえふざけんなよ」とか「ヤッター」とか、子供は突然大声をあげることがあるので、そういう時は驚いたけれど。

　声の感じからすると、部屋で宿題をする子たちは大体いつも同じ顔ぶれで、割合高学年の子が多いようだった。彼らが帰ったあとは台所の流しに置かれた洗い桶の水の中に、汚れたグラスが六、七個浮いている。わたしはまずそれらをきれいに洗い、そのうち一個を手に取って、麦茶を飲むために冷蔵庫を開けるのだけれど、麦茶の容器の中身はいつも五ミリくらいしか残っていなかった。

　母は毎朝せっせと大量の麦茶を沸かした。しかしそれでも間に合わなくて、コーラやオレンジジュースやポカリスエットも買って冷やしておくようになった。

　子供たちが帰ったある日の夕方、わたしは残ったポカリスエットをあひる小屋の水入れに注ぎ、のりたまが口をつけてくれるかどうか見守った。ただの水よりスポーツドリンクのほうが体内に吸収されやすいとテレビで言っていたからだった。

「おいしいよ。ひと口だけ飲んでごらん」

だめだった。

ひと口も飲まなかった。

思い起こしてみると、活発で食欲旺盛なのりたまの姿を見ることができたのは、復活してから最初の十数日間だけだった。ある日ぱたりとものを口にしなくなってしまった。遊び疲れているのだろうと思って、そっとしておいたけれど、翌日になっても餌どころか飲み水さえ減っていないのだ。食欲減退、行動が鈍くなる、呼吸が速い……。原因は環境の変化やストレスによって免疫力が低下すると引き起こされやすくなる呼吸器系の炎症であることは、本を読み返さなくても覚えていた。

朝、いつものようにのりたまの様子を見にいくと、小屋の中がからっぽになっていた。

「お父さんが病院連れてったよ」

小屋の前でぼんやり突っ立っていたわたしに、洗濯物かごを抱えた母が縁側から声をかけた。

「昨日の晩にね」

と、わたしと目を合わすこともなくそう付け足すと、部屋の中に入っていった。

うちに来てようやく三カ月がたとうかというころだ。のりたまは再び姿を消したのだった。

そして十日後のお昼すぎに突然帰ってきた。

前回とまったく同じワゴン、同じ運転手だった。

今回は観察するまでもなかった。目にした瞬間、明らかに太りすぎだと思った。

ケージの中がよほど狭くて息苦しかったのだろう、外へ出た途端に、グワグワと抗議でもするかのように、低い声でよく鳴いた。

一枚一枚の羽根が大きく、濡れたような艶があった。くちばしの黄色が濃くて、オレンジに近い色をしていた。なかなか小屋へ入ろうとしないので、父が餌を撒いて誘導しようとしたが、入口の手前まで来た途端に、体の向きを変えてしまった。

結局、作業着姿の男の手によって胴体をがっしりと挟まれて、強制的に小屋の中へ投げ入れられた。狭い小屋の中を落ち着かない様子でしばらくべたべたと歩き回っていたが、母が餌箱に輪切りにしたバナナを投入すると、やがて静かに突っつき始めた。

「食べた食べた」

父と母は声を合わせてそう言うと、家の中に戻っていった。

あひる小屋ががらっぽになっていた十日間、我が家は、前回の二週間ほどには、静まり返ることはなかった。

のりたまに会いにくる子はいなくても、学校帰りに宿題をしに立ち寄る子供がいたからだ。家の中には常に人間の気配があった。

長らく菓子類を置かなくなっていたうちの台所に、甘いものを仕舞っておくスペースができた。弟が中学校時代の健康診断で糖尿病予備軍と診断されるまでは、食器棚の一番下の引き出しがお菓子の段と決まっていた。今はそこは未開封の調味料を保存しておく場所になっているので、買ってきたお菓子は電子レンジの上のかごの中に納められた。

父が酒屋で適当に選んでくるお菓子は、大体いつも決まっていて、おまんじゅうかカステラかあられだった。次第に子供たちも飽きてきたらしい。ある日、のりたまの餌箱の中に、セロファンにくるまれたままのおまんじゅうが四つも入れられているのを発見した。慌てて回収したが、興味のないお菓子はのりたまの餌箱行きとなるおそれがあるので、気を付けていなければならなかった。

わたしは品揃えの良いスーパーまで足を延ばし、子供たちの気に入りそうな流行(はや)りのお菓子を調達してはレンジの上のかごの中に補充しておくようにした。よかれと思って買ってきた小魚入りのチップスは人気がなかった。新発売の占い付きのチョコレートクッキーは自分用のと合わせて三袋買っていたものが、あっというまになくなった。父と母と三人で、家中のあちらこちらに散らばった大吉や凶と書かれた包み紙を拾い集めた。わたしが一番最初に廊下で見つけて拾った包み紙は「吉」だった。「吉」の横に、キミが困った時にはきっと誰かが助けてくれるヨと書いてあった。

今度ののりたまはなんでもよく食べた。放っておいたら投げ入れられたゴミまで食べてしまいそうだった。元々太っていた体は、日を追う毎にさらに丸くなっていった。

食べすぎもそうだが、運動不足も原因のひとつだった。以前のように子供たちが頻繁に散歩に連れ出したり水浴びさせたりということは、ほとんどなくなっていた。父がテレビゲームを買ってきたのをきっかけに、子供たちの興味の対象は、そっちのほうへと移っていったからだった。

運動をしないのりたまの足の裏にこぶができた。

その日、わたしは正午近くにカレーのにおいで目が覚めた。パジャマ姿のまま、においに誘われて下へ降りると、母がカレー鍋をかきまぜていた。わたしが平皿にご飯をよそい始めると、振り向いた母がカレーはだめよ、と言った。

「これは誕生日会用だからね。ゆうべのおでん食べちゃって」

誕生日会？

「誰の誕生日会？」

よく見ると台所のテーブルの上にはカレーのほかに骨付きのからあげや大量のポテトサラダ、クッキーや果物、すしおけまで出ていた。

冷蔵庫の中には巨大なケーキの箱があり、母の目を盗んでふたを開けてみると、ホワイトチョコレートのプレートに、おたん生日おめでとうとチョコの字で書かれていた。

「誰の誕生日？」

と、もう一度聞いた。母は、

「えーと、名前忘れた。男の子と女の子。同じ誕生日の子が二人いるんだよ」

と言い、コンロの火を止めて壁にかかった時計に目をやった。

「あら大変。もう十二時過ぎてる」

「うちで誕生日会するの？」

「そうよ。そろそろみんな集まってくる時間だわ」

子供たちの喜びそうなごちそうを作るために、今朝は相当早い時間に起きたのだろう。母の目は充血していたが、声は弾んでいた。平皿によそったご飯にふりかけをかけているわたしに「ちょっとそこどいて」と言うと、食器棚の扉を開けて、手際良くお盆の上にコップを並べていった。

並べられたコップの数は全部で十個だった。間違いなく、これからどんちゃん騒ぎが始まるということだ。家にいてもおそらく集中できないだろう。今日は喫茶店で勉強しようと決めて、ふりかけご飯を食べたあと、テキストと筆記用具を持って家を出た。

バスで三十分かかるところにある喫茶店は、月に一回、気分転換に映画をみにいった帰りに立ち寄る店だ。家から遠いし、メニューも普通だけど、照明が薄暗くてトイレがきれいなところが気に入っていた。

お店に到着すると、お腹は減ってなかったけれど、ハムのサンドイッチとレモンティーを注文した。運ばれてきてすぐに平らげて、レモンティーも熱いうちに飲み干した。

テキストを開き、さあ勉強だというところで、薄暗い照明と満腹のせいか、急に眠たくなってきた。わたしはテーブルの上に突っ伏して、少し寝ることにした。

数十分経過したかというころに、女の店員さんが紅茶のおかわりはいかがですか、と声をかけてきた。わたしは突っ伏したまま首を横に振って断った。しばらくすると、また同じ店員さんがお客様大丈夫ですかと声をかけてきた。どうやら気分がすぐれないと思われているようだった。仕方なく顔を上げて「大丈夫です」と言い、再びテキストに目を落とした。

試験は来月に迫ってきていた。前回と、前々回の試験には落ちたから、次で三度目の挑戦だった。試験は年に二回開催される。年齢制限が設けてあるわけではないけれど、早く受かって資格を手にしたかった。資格があれば仕事が決まる。わたしはまだ仕事をしたことがない。

目が霞んで文字がぼやけて見えるので、おしぼりでゴシゴシと顔を拭いた。それから眠気覚ましにさっきの店員さんを呼んでコーヒーを注文した。

運ばれてきたコーヒーを飲みながら、昨日の復習から始めていると、だんだんだん頭がすっきりしてきた。店内は空いていて、静かだった。ひとり客ばかりだったので、聴こえてくるのはBGMのピアノの音だけだった。

気づけばずいぶんページも進んで、今日のぶんはあと少しで終わりそうだった。店の時計を見上げると、夕方五時をまわったところだ。十二時過ぎから始まった誕生日会もおひらきになる時間だろう。

カレー余ってるかな、と思いながらテキストを閉じた。

帰りのバスの中で、わたしは外の景色を眺めながら、家に着いてからのことを考えていた。

まず初めに頭の中に浮かんだのは、流し台に重ねて置かれた何枚もの汚れたお皿やコップの山だった。それから部屋中に散らばったお菓子のかけらと包み紙とからあげの骨。座布団やクロスは食べこぼしでドロドロだ。ふすまはすでに五回破られているから、今日が六回目になることは覚悟しておいたほうがいいだろう。とりあえず、洗濯は明日(あした)に回すとして、部屋の片づけは今日中にできるところまでしよう。

そう覚悟を決めて帰宅した。だけど、帰ってみると無駄な覚悟だったことがわかった。その日、集まる予定だった子供たちは、誰ひとりとして来なかったからだ。

鍋の蓋(ふた)を開けてみると、大量のカレーには膜が張っていた。わたしはそれを温めて夕食とした。甘口で、普段の母が作るカレーには入っていないウィンナーやシーチキンが入っていた。タッパーに詰められたポテトサラダと、うさぎの形にカットされたリンゴも食べた。

子供たちが来なかった理由はわからない。連絡があったのかどうかもわからない。母はただ、表情のない顔でぽつりと、

「誰も来なかったよ」

と言っただけだ。

「日にち間違ったんじゃないかな」

とわたしは言った。母はそれにはこたえなかった。両親は先に夕飯を済ませたらしい。わたしがリンゴを齧（かじ）っている間、二人は黙ってテレビをみていた。父も母も、とても疲れた顔をしていた。

その夜遅く、チャイムが鳴った。

わたしは二階の部屋で机に向かったままうとうとしかけていたところだった。時計を見ると、深夜零時になろうとしていた。

チャイムは三回鳴らされた。

すでに眠っているはずの両親のもとに行こうと階段を下りかけていると、

階段の下の暗がりの中に二つの人影が見えた。同じく目を覚ました両親が、明かりをつけずに、そっと外の様子をうかがっているのだった。

わたしたち三人は、声を出さず、足音もたてずに、階段の下で背中を丸めた身を寄せて、玄関の引き戸を見つめた。

格子がはめられたすりガラスの戸の向こう側に、小さな人影らしきものがあった。その影が、ゆらりと動いた。

ピンポーン。

四度目のチャイムだ。隣りで父が唾(つば)を飲み込んだ。

「はい」

と、かすれた小さな声で父が返事をした。戸の向こうからは何の反応もなかった。

「はい、どちらさま」

今度はもう少し大きな声で父が聞いた。

すると反応があった。

「こんばんは」

と、それは男の子供の声だった。

「こんばんは。どちらさま？」

こころなしか、父の声から緊張がとれたようだった。

「ぼく忘れ物しちゃった」

と、戸の向こうの影が言った。

「はい？　何ですか？」

父はよく聞き取れなかったようだった。

「ぼくこの家に忘れ物しちゃいました」

「お父さん開けてあげたら」

と、母が言った。

「開けてください」

と、男の子も言った。

「ああ、ちょっと待ってね」

父は玄関の明かりを点けて、サンダルを履くと、ためらう様子もなく戸のロックを外して、ガラガラと戸を引いた。

「こんばんは」

と、男の子の声と引き戸のたてる音が重なった。

「きみは……」

そこに立っていたのは色白の小柄な少年だった。まぶしそうに目を細めて、父の顔を見上げていた。

「きみは、えーっと」

誰だったかな、というように、父は母のほうへ助けを求めるように振り返った。

母も名前が出てこないようだった。ちょっと間を置いて、

「うちによく来てる子よね」

と言った。

「はい」

と男の子は言った。

「そうだそうだ。よく見る顔だ」

と父が言った。

「で、忘れ物って何だい。こんな時間に」

「カギを忘れちゃって」

「カギ？」

「家のカギ。昨日、この家に遊びに来た時にどっかに落としたと思うんだ。家の中、捜してもいいですか？」

「そりゃかまわないけど……。きみひとりで来たの？　お父さんとお母さんが心配してるだろう」

「お父さんは初めからいません。お母さんは朝まで働いてる。ぼく一人っ子で、カギがないと家に入れないから」

「あらまあ」

と、母が驚いた声を出した。

「じゃあこんな遅くまでひとりでどこにいたの？」

「ひとりじゃありません」

と男の子はこたえた。

「しょうちゃんと、ひろきと、ゆうやと四人で公園で花火してました。で、そのあとしょうちゃんのいとこのたかあき君の家に行って、たかあき君が友達たくさん呼んで、みんなでゲームしてました。大人もいました。大学生もいた」

と、ひと息にしゃべった。

「ああ、そう……」

「ねえ、カギ捜してもいいですか？　あとトイレ行ってもいい？」

母が何か言おうとする前に、すでにスニーカーを脱ぎ始めていた。

父の体を押しのけるようにして家の中に上がると、慣れた様子で廊下を進み、トイレのドアを開けてバタンと閉めた。

すぐにおしっこの音と水が流れる音が聞こえてきた。そしてバタンとドアが開き、中からすっきりした顔つきで出てきたかと思ったら、今度は廊下を右に曲がって、男の子は客間のほうへ歩いていった。

両親は小さな背中を追いかけるように、あとについていった。わたしも少し遅れてあとに続いた。

男の子は客間のふすまを開けると、振り返って「電気つけてください」と言った。母が電気を点けた。すると、並べられた座布団を片っぱしからめくり始めた。

「カギを捜してるのね？」

と母が聞いた。

「はい」

男の子は一度めくった座布団をひっくり返してまためくっていた。

「そのカギ、キーホルダーとか、目印になるものついてるかい？」

と父が聞いた。

「うん」

「どんなの?」

「ガイコツ」

「ガイコツのキーホルダーねえ。昨日片付けた時はそんなの見なかったけど……。今朝もおばちゃん、掃除機かけたけど見なかったよ。ああ、そんなとこにはないよ」

座布団カバーのファスナーを開いて中をのぞいていた男の子が、ファスナーをしめながら首をかしげた。

「おかしいなあ」

「外で落としちゃったってことはない?」

「うーん」

子供たちが帰ったあとは、毎回派手に散らかっている。父と母とわたしは部屋の掃除をする時に、小さくなった消しゴムやアニメのキャラクターが描かれたカードなど、ゴミか忘れ物か判断できないものは、捨てずに味付け海苔の空き缶にまとめて入れてとっておくようにしていた。

母に言われて、わたしは隣りの部屋から海苔の缶を取ってきた。

父が缶のふたを開けて中のものを全部畳の上に出し、ひとつひとつ確認した。カギは入っていなかった。

「ないなあ」

父が残念そうにつぶやいた。

「困ったわねえ」

母がため息をついた。

すると男の子が、

「しょうがない」

と言った。

父と母は拍子抜けしたような顔で男の子の顔を見た。

「外で落としたのかもしれない。ぼくもうあきらめます」

「でもカギがないと家に入れないんでしょう？」

「大丈夫。予備があるから」

「アラッ。なあに。そうなの？」

「うん。玄関の、植木鉢の下に予備のカギ隠してあるんだった。うっかりしてた。今思い出しました」

「それならいいんだけど……。お母さんに怒られない？」

「たぶん大丈夫です。……あのう、……そんなことより……」

と、今度はそわそわした様子で、上目遣いになって言った。

「この家、さっきからすごくいいにおいするんだけど……」

「におい？」

母は怪訝な表情を浮かべ、鼻をひくひくさせた。

「カレーかな……」

父がつぶやいた。

「うんそう！　カレーのすっごくいいにおい！」

男の子はパッと瞳を輝かせた。

「もしかしてお腹すいてるの？」

と尋ねる母も途端に嬉しそうな顔をした。その足はすでに台所のほうへ行きかけている。

「たっぷり作ったのよ」

「ヤッター」

男の子はバンザイした。

よほどお腹が空いていたのか、男の子は大盛りカレーを四杯もおかわりした。

「こんなおいしいカレー生まれて初めて食べました」

とおおげさなことを言い、母を大いに喜ばせた。ポテトサラダも、果物も食べ、まだ食べられるというので、母は冷蔵庫からケーキを丸ごと持ってきた。

「うわすっごい」

「好きなだけ食べていいのよ」

「これ誕生日ケーキでしょ？　いいんですか？」

「どうぞどうぞ召し上がれ」

「本当にいいの？」

と、ふすまの陰から立って見ていたわたしに向かって聞いた。

わたしはコクコクと何度もうなずいた。いいのよこの人の誕生日じゃないんだから、と母が笑って言った。

「じゃあいただきまーす」

最初にホワイトチョコのプレートに手を伸ばし、パキパキといい音をさせて食べ終えると、今度は丸のままのケーキに直接フォークを突き立てて、大きな口を開けてスポンジを頬張った。

「あまい」

「ふふふ。よかった」

「あまい。おいひい」

「はははは。ゆっくり食べなさい」

口の周りを生クリームだらけにして、無我夢中という感じで食べ続ける男の子の様子を、父と母は笑顔で見守っていた。

「あーおいしかった」

半分残して食べ終えると、ごろんと仰向けに引っくり返り、目を閉じたまま、

「ねえ今何時?」

と聞いた。

時計の針は一時半を指していた。父が時刻を教えてやると、男の子は慌てて体を起こして立ち上がった。

「やばい。もう帰らなくちゃ。お母さんに怒られる」

「お母さん朝まで帰ってこないんじゃなかったの?」

と母が聞いた。

「うんそう。そうなんだけど、早い時は一時に帰ってくるんです。最後のお客さんが帰ったらお店閉めるから」

「なあに、お母さんお店やさんしてらっしゃるの?」

「うん。だからもう帰るね。ごちそうさまでした」

「待ちなさい。送っていくよ」

「大丈夫です。すぐ近所だから」

「だめだめ。危ないから。車出してくるからそこで待っていなさい」

立ち上がろうとする父の横をすり抜けて、男の子はあっというまに玄関まで走っていった。

「ちょっと」

「待ちなさい」

「おーい」

父と母が呼びかけても振り返らなかった。玄関の戸を開け放したまま、まるで逃げるようにして、暗闇の中を駆けていった。

それから夜が明けるまで、わたしは布団の中で男の子のことを考えた。真夜中に突然やってきて、食べるだけ食べたらサッサと帰っていった不思議なお客さん。名前も知らない。どこの誰かもわからない。でもどこかで見たことがあるような気が、しないこともない……。

彼は何者？

カギを捜しにきたと言っていたけど本当に？

結局一睡もしないまま、わたしは日の出と同時に布団から出てあひる小屋を見にいった。一晩中、あれこれと思いを巡らせた結果、のりたまのくちばしに生クリームがついていないか、確かめずにはいられなくなったのだ。

しかし黄色いくちばしには、何もついていなかった。

「のりたま」

小屋の外から呼びかけた。せめて直接伝えたかった。

「ゆうべはありがとう。お父さんとお母さん、あなたが来てくれて嬉しそうだった」

のりたまは返事をしなかった。

足にこぶができてから、のりたまはみるみる弱っていった。痛むのか、散歩を嫌がって小屋の中でじっとしていることが増えた。食欲はなくなり、いつも首を垂らしていて、緑色のうんちをするようになった。

そのうんちもしばらく出ていない。のりたまは小屋のすみで、わらに埋もれるように横たわっていた。目は閉じられたままだ。わたしは小屋のカギを開けて中に入り、のりたまのそばにひざまずいた。体の下に手を差し入れて、ひざの上に抱き上げた。両腕で強く抱きしめても、のりたまは暴れなかった。

たらいにお湯をくんできて、タオルを浸し、まずは体の表面をやさしく拭(ふ)いてやりながら、こびりついた泥やわらを落とした。そしてのりたまの体をそうっとたらいの中に移した。小さな頭、目、くちばし、首、おなか、尾っぽ、足、足の裏のこぶ、みずかき。ゆっくりと時間をかけて、のりたまの体をすみずみまで洗ってやった。

縁側にバスタオルを敷き、その上に洗い終えたのりたまの体を横たえた。わたしはその隣りに腰かけて、朝日に照らされてきらきら輝く濡れた大羽根を一枚一枚拭いていった。

ようやく拭き終わるころには、太陽は頭のてっぺんの高さまで昇っていた。父と母はテレビでお昼のニュースをみながら、そうめんを食べているところだった。わたしがガラス戸を開けて顔を出し、

「お父さんお母さん。のりたまが死んだよ」

と言うと、二人とも驚いた顔をした。

父が畑に穴を掘った。

そこは春にはキキョウソウの花が咲く、のりたま一番のお気に入りの場所

だった。完全に土の中に埋まったのりたまの上に、母がどこから拾ってきたのか、つやつやと青く光る、手のひらサイズの平べったい石を置いた。線香に火をつけて、三人でのりたまのために手を合わせた。

しばらく目を閉じていると、背後からキイキイという音が聞こえてきた。次第にこちらに向かって近づいてくるので、気になって目を開けると、三輪車にまたがった女の子が、興味しんしんの顔つきでわたしたちの様子をうかがっているのだった。

母がにっこり微笑んだ。

「こんにちは」

「……こんにちはっ」

と、元気なあいさつが返ってきた。

「お散歩？」

「うん」

「いいわねえ」

「おばあちゃんたち何してるの」

母は何と言おうか迷ったのか、少し間を置いて、「お墓参りしてるのよ」

と言った。

「おはかまいり」

「そう。あひるさんのお墓参り」

「あひるってのりたま？」

と、女の子は言った。

「あらあ。あなたのりたま知ってるの」

「知ってるよ。のりたまかわいいもん」

「ありがとうね。それ聞いたら天国ののりたまも喜ぶわ」

「のりたましんじゃったの？」

「そうよ。かわいそうに」

「これのりたまのお墓なの？」

「そうよ」

「この中にのりたまがいるの？」

と言って、女の子は石の置いてある場所を指差した。

「そうよ。この中で眠ってるのよ」

「三びきとも？」

と女の子が聞いた。

母は返事に詰まった。

「一ぴき目も二ひき目もこの中にいるの？」

「なあに？」

「しんだの三びき目でしょ」

「お祈りしなくちゃね」

と母は言い、女の子から視線を外すと、目を閉じてお経を唱え始めた。

「ねえねえねえ」

すると、女の子は今度はわたしに向かって話しかけてきた。父は母にならって、手を合わせて目を閉じている。わたしも同じようにした。

「ねえねえねえ」

女の子はわたしの腰を突き、服の袖を引っぱった。同じ質問をしつこく何度も繰り返してきた。ねえねえねえほかの二ひきもこの中にいるの？　どこにいるの？

お経を唱える母の声がどんどん大きくなっていった。

ねえねえ、のんちゃんね、一ぴき目が一番好きだったよ。ここにいないの？

ねえどこにいるの。ねえねえねえ。

あひる小屋はからっぽになった。

四番目ののりたまは来なかった。

それなのに我が家はにぎやかだった。大きな笑い声が聞こえてくると思ったら、次の瞬間にはケンカが始まったりする。夜も朝も関係なくバタバタと子供が出入りするせいで、なかなか勉強に身が入らない。

わたしはまた試験に落ちた。

曜日の感覚もとっくになくなってしまったある日の午後、部屋で昼寝をしていたら、突然怒鳴り声が聞こえてきた。

何だお前ら！　警察呼ぶぞ！

二階の窓を開けて見下ろしていると、数人の子供たちがいっせいに玄関から外に飛び出していく姿が見えた。

背の高い子、赤い髪の子、上半身裸の子、旅行に持っていくような大きなバッグを抱えている子……。色んな子がいる。

おい！　おい！　どうなってんだ！

怒鳴り声の持ち主は相当興奮しているようだった。わたし自身、何度もこの声に怒鳴られたことがあるからすぐにわかった。怒鳴っているのは弟だ。久しぶりに弟が帰ってきている。

父と母とわたしは三人並んで正座させられた。そして長々と弟から説教された。しばらく見ないうちに、以前にも増して肉付きがよくなっている。奥さんは奥さんで仕事が忙しいから、夫の体調管理などする余裕がないのかもしれないな……、と、説教されながら考えていた。

弟は、自分の知らない間に我が家が不良の溜まり場になっていたことを嘆いた。不良の溜まり場、とは元不良の弟の口から出た表現だ。

母が「あの子たちまだ子供じゃない」と、彼らをかばうような発言をしたので、弟の怒りはますます大きくなった。おれの部屋の漫画が全部なくなってる、あいつら盗んで売りやがったんだ、ほかにも盗まれたものがあるはずだ、と言った。自分も同じようなことをしたことがあるから察しがつくのだ。

父はひと言もしゃべらなかった。弟に叱られている時はいつもそうだが、今回もただうなだれているだけだった。

顔を上げていたのはわたしだけだ。弟の口から何か言葉が発せられるたびに、大量のつばが顔にかかった。

「ごめんね将太、お姉ちゃんが」

言いかけた途端に、さらにシャワーのようなつばと怒鳴り声が降り注いだ。丸い顔が赤く膨れ上がって、今にも血管が切れそうになっていた。こうなると誰も弟を止められない。物を壊したり、場合によっては直接暴力をふるってくることもある。

だが今回は大丈夫だった。怒鳴り声は相変わらずだけど、わたしは蹴られたりしなかった。

一時間強の説教を終えると、束の間の沈黙が訪れた。そばに置いてあった湯呑みを摑み取り、ひと息に飲み干すと、地響きのようなため息をついて頭を抱えた。そしてそのままの状態で、

「……父さんと母さんに話がある」

と言った。わたしは席を外すように言われた。

気になる話の内容は、弟が帰ってすぐに母が教えてくれた。

わたしにその話をしている時、母の頬はピンク色に染まっていた。体中から喜びが満ち溢(あふ)れてどうにも抑えられない様子だ。

「赤ちゃんよ、赤ちゃんよ」

と、歌うように母は言った。

結婚から丸八年、ようやく弟夫婦の間に赤ちゃんが誕生するという。弟はそのことを両親に報告するために、今日はわざわざ車を走らせて帰ってきたのだった。


あれから半年。

現在、我が家は増築中である。

部屋を二つ、トイレをもう一つ増やして、玄関と台所をリフォームすることになったのだ。

ちなみにわたしの二階の部屋はそのままだ。今朝も早くから大工さんの威勢のいいかけ声や、トンカチで釘を打つ音、木と木がぶつかる音が、窓を閉めていても聞こえてきた。

おかげでちっとも勉強に集中できなかった。今もテキストを開いてはいるけれど、文章そのものが頭の中に入ってこない。

工事は来月で終了する予定だ。工事が終われば、その翌月には弟一家が引っ越してくることになっている。我が家は一気に六人家族だ。

今、外で何かが壊れる音がした。窓を開けて下を窺うと、大工さんが誤って庭に置いてあったミニバラの鉢植えを落としてしまったようだ。どこかに移動させようとしていたのだろうか、落とした衝撃で鉢が割れて焦げ茶色の土が出ている。母が縁側から出てきて、いいんですよ、かまいませんよと言っている。大工さんはペコペコ頭を下げてから自分の仕事に戻っていった。

母はスコップを取ってきた。しゃがんで土をかき集めているところに、父が代わりの鉢と園芸用の手袋を持ってきて、手袋を母に渡した。二人でバラを移し替えながら、何かしゃべっている。二人とも笑顔だ。父も母も、ここのところずっと笑顔だ。

わたしは窓を閉めて勉強の続きに戻った。でもすぐに飽きて、机の引き出しを開けてもう何千回と目にした一枚の写真を取り出した。

それは、生まれたばかりの赤ちゃんの写真だ。わたしはまだ会ったことがない。赤ちゃんは男の子だ。小猿そっくりで、眉毛の形は弟そっくり。

またさわがしくなるだろう。そしてわたしはますます勉強に身が入らなくなる……。

のりたまの小屋は工事が始まると同時に潰(つぶ)された。庭にブランコを置くのだそうだ。

おばあちゃんの家

おばあちゃんの家は、みのりの家のそばにたっている。みのりが赤ちゃんだったころは、まだ、おばあちゃんはみのりの家に出入りしていた。ガスが通っていなかったから、二日に一回、お風呂を使いにくるのだった。

みのりが幼稚園に入った年に、おばあちゃんの家にもガスが通った。六畳一間に、流し台しかなかったおばあちゃんの家の玄関の木戸の横に、ある日、白い扉が作られた。そこを開けると、中はお風呂場だ。白くて明るい。昼間入ると、太陽の光がまぶしくて、みのりは目を開けていられないほどだった。

浴室が増築されたおかげで、おばあちゃんはいつでも好きな時間にお湯に浸かれるようになった。同時に、みのりの家にくることもぱたりとなくなった。

小学校から帰ってくると、みのりはおばあちゃんの洗濯物を、おばあちゃんの家まで届けにいく。庭の物干し台で、たっぷりと太陽の日差しを浴びた洗濯物は、お母さんが取り込んで畳み終えても、まだほのかに温かかった。畳の上にきれいに重ねて置かれた洗濯物の一番上に、「スーパーおおはし」と印字されたポリ袋が置いてある。ランドセルを下ろしたら、このポリ袋におばあちゃんの洗濯物を詰めて届けるのが、みのりの役目だった。「インキョにいってきまあす」台所にいるお母さんに声をかけて、みのりはでていく。インキョとは、おばあちゃんの家のことだ。みのりの家の人たちは、みんなそう呼んでいる。

土曜日。学校の授業は午前中で終わった。みのりは土曜のお昼が一番好きだ。学校からの帰り道、自分の短い影を踏み踏み歩いていると、その影が、だんだん弟の姿に見えてくる。みのりには先月三歳になったばかりの弟がいる。影を見ているうちに、弟に会いたくてたまらなくなってきた。少しだけ早足になったみのりの横を、ゆっくりと一台のトラックが通り過ぎた。魚のにおいのするトラックだ。山に囲まれたみのりの町に、週一回、新鮮な魚を届けにくるのだ。みのりの家では、土曜の夜の食卓には、決まってお刺身がでる。

ふと立ち止まって、みのりは右手にひろがる田んぼのほうに視線をこらした。一昨日（おととい）の雨で散ってしまった桜の木がたっているあたり。しばらく見ていた。何も起こらない。再び歩きだした。

一週間ほど前、あの場所で、みのりは孔雀（くじゃく）を見た。桜の木のそばに、たしかに孔雀が一羽いた。孔雀はみのりと目が合うと、ふわっとどこかへ飛んでいった。一瞬のできごとで、夢を見ている気分だった。ぼーっとしながら家へ帰り、夕飯の時もぼーっとしていてしょうゆ差しを倒してしまい、お母さんに怒られた。今日ね、くじゃく見たよ。お父さんとお母さんに報告したけど、ふたりの返事はそっけなく、ちっとも驚いてくれなかった。みのりのいうことを信じていないのかもしれない。だけど間違いない。あれは孔雀だった。

家に着いたのはお昼過ぎだ。洗濯物は乾いていなかった。みのりは洗濯物の代わりに、ポリ袋の中に漢字ドリルとマンガとおやつのゼリーを二個詰めた。テーブルの上には、やきそばが用意してあった。みのりのお昼ご飯だ。お母さんと弟はもう食べ終わったらしい。弟は畳の部屋で昼寝していた。弟の、ピンク色のほっぺたをつついていたら、お母さんに早くお昼食べちゃいなさい、と注意された。みのりは右手にやきそばのお皿を持ち、左手にポリ袋を提げて、「インキョにいってきまあす」というと、サンダルを履いて外にでた。

みのりの家からインキョまでは、ほんとうに近い。小学四年生のみのりがイチ、ニイ、サン……と、大股をひろげて歩くと、ちょうど十五歩でインキョの出入り口に着く。二つの建物は、同じ敷地内にたっている。インキョは私道から敷地に入ってすぐのところに。みのりの家は、そこから大股で十五歩奥に進んだところに。

みのりは手にしたお皿を反対の手に持ち替えると、右の人差し指一本でインキョの出入り口である木戸を開けた。先週までは、建てつけが悪くてガタガタガタと大きな音をさせて何度も揺すらないと、人が通れる幅まで開かなかった引き戸だ。日曜日に、お父さんがやすりで削って、油を差してくれたおかげで、みのりの細い指一本でもスーッと開けることができるようになった。スーッと開けて中に入り、スーッと閉めた。

四月の午後一時、室内はひんやりとして薄暗い。

みのりが幼稚園に通っていたころは、もっとじめじめしていて、カビ臭かった。長い間、インキョには窓がなかったせいだ。お風呂を増築した時に、お父さんがついでに業者に頼んで、部屋に小窓をひとつ取り付けさせた。窓の外にはびわの木が生えていて、濃い緑色の葉っぱがちょうど日を遮るように窓を覆っているので、さほど光は入ってこないのだけど、ずいぶんましにはなった。電気をつけなくても、おばあちゃんの顔がよく見える。

おばあちゃんは、ちゃぶ台の前で背中を丸め、卓上ライトの灯り(あか)で自分の手元を照らしていた。ライトはお父さんのお古で、学校の先生の机の上に置いてあるのとそっくりだ。しわだらけの手には、タオルを握りしめていた。

みのりが戸を開けて入ってきたのに、気づかない。木戸を引く時のガタガタ音がなくなったので、耳の遠いおばあちゃんは、スーッと入ってこられると、わからないのだ。

みのりは木戸のところに立ったまま、おばあちゃんの手元を見ていた。雑巾(ぞうきん)を縫っているところだ。みのりが来た時は、たいてい、編み物か裁縫をしている。みのりも弟もお父さんもお母さんも、宮永家の人間は全員、穴の開いた靴下をおばあちゃんに繕ってもらったことがある。縫い物や編み物をしない日は、豆の選別や、つくしのはかま取りをしている。いない時は、たいていトイレだ。おばあちゃんは外のトイレを使っている。外のトイレはクモや蛾がでるから、みのりは滅多に使わない。

「おばあちゃん。きたよ」

みのりはピンクのサンダルを脱いで部屋に上がった。おばあちゃんが、ゆっくりと顔を上げた。

「……みのりちゃん」

「き、た、よ」

みのりは笑ってもう一度いった。


みのりとおばあちゃんは、同じ宮永という苗字(みょうじ)で、住所も同じだけど、血はつながっていない。おばあちゃんは、家の誰とも血がつながっていない。

おばあちゃんは、死んだひいおじいちゃんの、奥さんだ。子供はひとりも生まなかった。子供を生んだ女の人はべつにいる。その女の人に、みのりは会ったことがない。みのりが生まれた時には、すでに、この家にいる年寄りは、おばあちゃんひとりだけになっていた。あとはみんな亡くなっていた。

お父さんが生まれる前から、おばあちゃんはインキョに住んでいたらしい。

みのりはインキョが好きだけど、ここに住みたいかといわれると、テレビも電話もマンガもないから、やっぱり自分の家のほうがいいなあ、と思う。

みのりのインキョでの過ごし方は、大体いつも同じようなものだ。お母さんが作っておいてくれたお弁当を食べたり、おやつを食べたり、宿題をしたり、マンガを読んだり、昼寝したり。たまにおばあちゃんの手仕事を手伝ったりもする。

この日、みのりはまずやきそばを食べた。それから、おばあちゃんのいれてくれたお茶を飲み、持ってきたゼリーを一緒に食べた。そのあと漢字ドリルの宿題を終わらせて、またお茶を飲みながらおまんじゅうとチョコレートを食べた。食べ終えると、寝そべってマンガを読んだ。その間、おばあちゃんはずっと雑巾を縫っていた。

夕方六時に、お母さんはおばあちゃんの夕飯を持ってインキョを訪ねる。

みのりと違って、お母さんは中に入る前に、必ず木戸を三回ノックする。お母さんのノックは、こぶしひとつで戸を破壊しようとしているみたいな音がする。おばあちゃんの耳が遠いので、仕方ない。みのりは何度聞いても、全身がビクッとなって、首筋が寒くなる。

土曜日の夕飯はお刺身だ。力強いノックの後、こんばんは……、と戸を開けたお母さんが運んできたのは、焼いてあるお刺身だ。おばあちゃんはいつもこれ。おばあちゃんはお刺身を焼いたのが好きなのよ、とお母さんがいっていた。みのりの好きなタコもない。硬くて嚙めないからいらないのよ、といっていた。三歳の弟もタコを食べない。そのぶん、みのりのタコが増えるのは、うれしいことだった。

お母さんがちゃぶ台の上に、おかずののったお皿を二枚置くと、みのりはお母さんと一緒にみのりの家へ帰っていく。お昼はいいけど、夕飯はインキョで食べることは禁止されているのだ。お母さんが見ていないと、にんじんやタマネギを残すし、食後にそのままうたた寝をして、お風呂に入りそびれてしまうからだった。お風呂も、インキョに真っ白のお風呂場が完成したばかりのころは、毎日のように入りにきていた。今は禁止されている。インキョのお風呂に入る時、横着をして髪の毛を洗わなかったせいだ。お母さんが気づいた時には、みのりの頭は異臭を放ち、ふけだらけになっていた。その時は、おばあちゃんが、お父さんとお母さんから叱られた。悪いのは横着をしていたみのりなのに。

おばあちゃんが、みのりのせいで叱られたのは、一度だけではない。みのりが夕飯を残すと、おばあちゃんがお菓子を与えすぎるからだといって叱られ、インキョでムカデに刺されると、おばあちゃんの用心が足らないといって叱られる。みのりがお母さんのいいつけを破ってひとりでお祭りにいった時も、あとで叱られたのはおばあちゃんだった。あの時、おばあちゃんは、迷子になったみのりを迎えにきてくれたのに。

叱られている間のおばあちゃんは、下を向いて黙っている。縫い物をしている時も、豆を選(よ)り分けている時も、大体下を向いて黙っている。みのりと向かい合っている時は、笑っている。みのりが国語の教科書を音読したり、歌をうたったりすると、にこにこ顔で、音のない拍手を送ってくれる。みのりは、おばあちゃんのことが大好きだった。

最初におばあちゃんの異変に気づいたのは、弟だった。

三歳だった弟が、七歳になった春のことだ。

「おばあちゃんが、ひとりでしゃべってるよう」

ある日、弟は台所の勝手口から入ってくるなり、そういった。声が裏返っていて、相当慌てているようすだった。日曜の午後で、みのりはお父さんとお母さんとテレビをみながらさくらんぼを食べていた。インキョにも持っていって、とお母さんにたのまれて、弟とふたり、ジャンケンをした。負けた弟がブツブツいいながら、さくらんぼをのせた皿を持って、おもてへでていったところだった。

弟の報告を聞いて、お父さんとお母さんは顔を見合わせた。

「しゃべってたって、何を」

「わかんない」

「聞いたんでしょう」

「聞いたけど何いってるかわかんなかった」

「おばあちゃんどんなようすだった」

「知らない。見てない」

「見てないの？」

「……外から聞いたんだもん」

弟の手は皿のふちを持ったままだった。戻ってくる途中で落としたのか、明らかにさくらんぼの量が減っている。

「……なんだ。じゃあラジオの音だよ」

お父さんがいった。

「そうだわ」

お母さんもうなずいた。

「ちがう！　ラジオじゃない」

弟は納得していなかった。テーブルの上のさくらんぼに手を伸ばし、立て続けに四つ食べ、おばあちゃんのぶんも食べてしまった。

その三時間後、夕飯を届けにいったお母さんは、インキョから戻ってくると、べつに、どこも変わりありませんでしたよ、とお父さんに報告した。お父さんはそうかとうなずき、空になったグラスに何杯目かのビールを手酌で注いだ。弟は夕飯のカレーライスをかきこむことに夢中になっていて、昼間のことは一旦忘れてしまったようだった。みのりは、お母さんの報告を聞いてほっとした。でもまだ少し、胸の中がざわざわしていた。先週、テレビ番組で、ひとりでしゃべったり、パジャマ姿で出歩いて道に迷ったりする老人の特集をみたばかりなのだ。

それから一週間は何事もなく過ぎた。

みのりの胸が再びざわざわする出来事があったのは、今日からお彼岸という日曜のことだった。この日は部活が休みだったので、みのりはお母さんと一緒におはぎを作った。

小さく丸めたものはおばあちゃん用だ。おばあちゃんはおはぎが大好きなのだ。みのりは弁当箱に六つ詰めた。

「どこいくの」

「おばあちゃんにおはぎ渡しにいってくる」

「じゃあついでにこれも持っていって」

弁当箱を持って勝手口からでていこうとしたら、お母さんに呼び止められて、ポリ袋に入った洗濯物を渡された。

小学生のころ、洗濯物を届けるのはもっぱらみのりの役目だった。中学生になって、部活動で帰りが遅くなることが増えてからは、手が空いている人が届けることになった。たいてい、弟がいいつけられるのだけど、弟はインキョが臭いといって、あまりいきたがらない。

みのりはインキョの戸をノックした。耳を澄ませたが返事はなかった。

「おばあちゃん」

戸を少しだけ開けて声をかけた。

「おばあちゃん、おはぎ作ったの、持ってきたよ」

おばあちゃんは窓際に正座して外を見ていた。

「おばあちゃん。おはぎ。持ってきたよ。たくさん作ったの。ねえおばあちゃんてば」

おばあちゃんは、やっと、ゆっくりこちらを向いた。

「……みのりちゃん」

「おはぎ。ここに置いとくからね」

「はい、ありがとう」

みのりはちゃぶ台の上に弁当箱を置くと、「じゃあね」といって開け放しの戸からでていった。

中学校に入ってから、みのりがインキョを訪れる回数は極端に減った。たまに訪れても、こんなふうにちょっと顔をのぞかせる程度で、長居はしない。学校の宿題と部活の練習で、中学生は忙しいのだ。昔のようにインキョに入り浸っている時間はない。

学校で、みのりはバドミントン部に所属している。朝は暗いうちから家をでて、夜は暗くなってから帰宅する。田舎なので、あたりは本当に真っ暗だ。人気（ひとけ）のない山道を、みのりはいつも駆け足で通り抜けている。

家の近くの竹やぶの前を通る時は、特に駆け足になる。昔、この竹やぶで迷子になって恐い思いをしたせいだ。中学生になった今も、みのりは竹やぶが苦手なのだった。

迷子になった時のことは、はっきりと覚えている。当時、みのりは小学一年生だった。

その日、お父さんとお母さんは泣き止まない弟を連れて、朝から遠くの病院にいっていた。

夕方一度、お母さんから電話があった。ゆうべから激しく泣き続けていた弟に、病院が下した診断は「中耳炎」だった。

帰りは遅くなるからね、と電話の向こうでお母さんがいった。みのりはインキョでおばあちゃんと先に寝てるのよ。「遅くなるって何時ぐらい」と、みのりは聞いた。そうね、夜の九時くらいになると思うわ。

夜の九時……。電話を切ったあと、みのりは時計を見上げた。五時十分だった。

お祭りいきたいなあ、と強く思った。今日は秋祭りの日なのだ。お父さんとお母さんが留守なのであきらめていたけど、やっぱり、どうしてもいきたい。今ごろ、浴衣(ゆかた)姿の友達はりんごあめや焼きとうもろこしでお腹を満たして、金魚すくいをしていることだろう。この日を楽しみにしていたみのりは、今朝、少しだけ駄々をこねた。泣き止まない弟を抱えたお母さんは、わがままいわないのっ、と恐い顔でみのりを叱った。子供だけでお祭りにいってはいけないことになっている。じゃあ、おばあちゃんといく。みのりがそういうと、おばあちゃんは足が悪いでしょう。いいかげんにしなさいっ、とまた叱った。

五時十分か。お母さんたちが帰ってくるまで、まだまだ時間がある。ちょっとだけなら。暗くならないうちに、すぐ帰ってくるから。みのりは全財産の入った財布をポケットに入れて、サンダルを履いた。

インキョの入口の木戸は、ガタガタガタと、さわがしい音をたてて開いた。

「みのりちゃん」

針仕事をしていたおばあちゃんが、顔を上げてにっこり笑った。みのりは思わず、しわしわの笑顔から視線をずらした。今から、このおばあちゃんにうそをつかなければならない。

あのね、とみのりは切りだした。

「なあに」

「今からね、ちょっと、学校にいってくるね」

「今から」

「うん」

「今日は、学校、お休みじゃあないの」

「うん、学校は休みなんだけどね、忘れ物したの」

「そう」

「だから、いってくるね」

「気をつけてね」

「うん」

インキョには、みのりが今晩寝る時に使う、赤い布団が運び込まれていた。裁縫道具が置かれているちゃぶ台には、新聞紙がひろげて伏せてあった。新聞紙の下には、お母さんが家をでる前に作ってくれた、みのりとおばあちゃん、ふたりぶんの夕飯のおかずがすでに用意されている。

「晩ご飯の時間までには、帰ってくるから」

「はい、いってらっしゃい、気をつけてね」

「うん、いってくるね」

「いってらっしゃい」

「いってきます」

両手を使い、ガタガタ音をたててインキョの木戸を閉めると、みのりは駆け足で山道へでた。

お祭り会場は、小学校よりもまだ道を下ったところにある、公民館のそばの神社だった。みのりは今まで一度も使ったことのない近道を使うことにした。

（たぶん、田んぼの奥に見える竹やぶを突っ切ると、小学校のプールの真裏にでるはず……）

あぜ道に下りて、駆け足で直進、田んぼの向こう側に渡り、雑草が生い茂る斜面をよじのぼったところまでは良かった。竹やぶの中に進入した途端、迷子になった。

どこまで進んでも同じ景色だ。払っても払っても、みのりの背の高さほどもある雑草が体中にまとわりついてきた。草で手や顔が切れているのか、あちこちがピリピリと痛かった。みのりは泣きながら、竹やぶの出口を探し求めた。

その間、二時間も三時間もたったような気がした。実際には、迷っていたのはほんの十分程度だ。その後無事に竹やぶから抜けだして、目にとまった公衆電話から家に電話をかけた。みのりから連絡を受けたおばあちゃんはすぐに迎えにきてくれた。ふたりで手をつないでインキョに帰ってきたのが、六時前。泣いているみのりのためにおばあちゃんは珍しくラジオをつけた。時刻を知らせるアナウンスの後、ラジオから流れてきたのは、お父さんの好きな島倉千代子(しまくらちよこ)だった。いつまでも泣き止まないみのりの頭を、おばあちゃんはやさしくなでた。お腹すいたねえ。そうだ。お母さんのおいしいご飯、食べようか……。

今も、「りんどう峠」を聞きながら食べたカボチャの煮物の味を、みのりは忘れていない。あの時、おばあちゃんが迎えにきてくれなかったら、自分はどうなっていたのだろう、と思うこともある。いくら家のすぐ近所だといっても、山のほうに迷い込んでいたら、どうなっていたかわからない。

みのりが届けた六個のおはぎを、おばあちゃんはその日のうちに全部食べた。食の細いおばあちゃんが、一気に食べられる量じゃなかった。お母さんから、からっぽになった弁当箱を見せられて、みのりの胸はざわざわした。再び、テレビでみた老人のことを思いだした。その老人は、さっき昼食を食べたばかりなのに、食べてないといって、一日に何度も食事をとろうとしていた。家族が止めると暴力をふるい、きたない言葉を口にしていた。元は穏やかな性格だったというその老人は、病の進行とともにまるで別人のように変わっていった……。

翌朝、みのりは学校へいく時に、たまたま外のトイレからでてきたおばあちゃんを見かけた。みのりの声になかなか気づいてくれなかったけど、五回目の「おばあちゃん！」で、ようやく顔をこちらに向けた。みのりが大きく手を振って、いってきまあすというと、おばあちゃんも曲がった背中をわずかに起こすような仕草をして、手を振り返した。いつもと変わらない、しわだらけの、穏やかな笑顔だった。

おばあちゃんがひとりでしゃべってる、と、今度はお母さんがいいだした。

「聞こえてくるのよ、話し声が」

「ほらね、だからいったじゃん」

弟はなぜか得意気だった。

お父さんは、それでもまだ信じなかった。気のせいじゃないのか、などといっていた。でもその数日後、ガレージに車をだしにいく時に、インキョの戸の向こうから聞こえてくる声に気づいた。

ばあさん！　誰としゃべってんだ！　お父さんは思わず声を荒げた。思いきり開けた戸の向こうには、窓際にちょこんと座ったおばあちゃんの後ろ姿があるだけだった。

みのりも、みんなより少し遅れてその声を聞いた。運動靴を洗いに外の水道へ向かう途中、ふと気になって、インキョの前で足を止め、耳を澄ませた。するとと聞こえた。

ぼくちゃん……、ぼくちゃん……。

それは、とてもやさしい、おばあちゃんの声だった。

みのりに語りかける時よりも、もっとやさしい。

みのりの首筋に鳥肌が立った。おばあちゃんは、おばあちゃんにしか見えない相手と会話している。その相手というのは、おばあちゃんにとって、きっと誰よりも、みのりよりも、大好きで大切な存在に違いない。

五月に入って最初の土曜日。午後二時からおばあちゃんの誕生日会がひらかれた。お父さんの仕事と、みのりの部活動、両方休みなのはこの日のこの時間しかなかった。

初めて家族全員がインキョに集まった。

お母さんは、歯が丈夫でないおばあちゃんのために、プリンでできたケーキを買ってきた。モンブランが良かったとブツブツ文句をいっていた弟は、一番大きく切り分けられたのを自分の皿にとった。みのりにすすめられて、おばあちゃんは上にのったキウイをひとかけら口にした。

ケーキを食べたあとは、各自用意してきたプレゼントをおばあちゃんに手渡した。お父さんは新しいラジオ、お母さんはストールだった。みのりはスーパーおおはしの化粧品売り場で見つけた、つげのくしをプレゼントした。何も用意していなかった弟は、歌をうたった。幼稚園時代にちびっ子カラオヶ大会で入賞したことのある弟は、「ハッピーバースデー」の歌を熱唱した。
弟がうたい終えると、おばあちゃんは静かに両手を合わせて目を閉じた。
自分の誕生日会だということを、理解できていないみたいだった。実際、
その日はおばあちゃんの誕生日じゃなかったのだけど。

おばあちゃんの話す内容が、だんだん理解できなくなっていった。
囁いているようだった話し声は次第に音量を増していき、突然怒りだした
り泣きだしたり、大口を開けてわははと笑いだしたりもした。
「おばあちゃんって、笑った顔がカエルみたいだね」
と、弟はのんきな顔をしていった。
おばあちゃんは、杖を必要としなくなった。
何も持たずに庭や家の周りを歩き回り、家族の知らないあいだに山の中に

まで入っていった。途中で何度も転び、転ぶたびに自分ひとりで起き上がった。顔やひざから血を流しながら、でも、ちゃんと歩いて帰ってきた。

「おばあちゃんって、足悪いんじゃなかったの？」

弟は不思議そうな顔をしていった。

「骨でも折られたら大変だわ……」

弟の横で、お母さんはため息をついた。

危険だからと、おばあちゃんが歩き回るのを、お母さんは何度も止めさせようとした。インキョの戸に鍵をつけたり、つっかえ棒で開かないように固定したり、時には襟首つかまえて、インキョの中に強制的に連れ戻したり。

不思議なことに、何をやっても、おばあちゃんはその都度上手に抜けだすのだった。

「おばあちゃん、どんどん元気になっていくね」

弟の発言に、お母さんはいっそう深いため息をついた。

お母さんが思っているほど、おばあちゃんの足腰はやわじゃないのだ。そのことを、みのりはよく知っている。おばあちゃんはあの足で、迷子になったみのりを探しにきてくれたのだから。

小学一年生の秋祭りの日。あの時も、おばあちゃんは杖をついていなかった。

あの日、やっとの思いで竹やぶから脱出したみのりの目に、一番に飛び込んできたのは、一台の公衆電話だった。みのりは迷わずポケットから財布をだして、十円玉一枚を硬貨投入口に入れた。

公衆電話を使うのは初めてだった。知っている番号はひとつしかない。震える指で自分の家の電話番号を回した。

呼びだし音四回でつながった。

「もしもし、お母さん？」

みのりの声は、涙で震えていた。

「もしもし、お母さん？」

返事がなかった。もう一度繰り返した。

「お母さん……？」

この時、ようやくみのりは、気がついた。お母さんもお父さんもいない。

朝から弟を連れて病院にいっている。帰ってくるのは夜の九時だ。

一瞬、頭が真っ白になった。みのりの口からは何も言葉がでてこなかった。

耳にくっつけた受話器の向こう側から、かすかな息遣いが聞こえた。

「……みのりちゃん」

「おばあちゃん？」

「みのりちゃんかい」

「おばあちゃん」

みのりはわんわん泣きだした。おばあちゃああん、道が、わからなくなっちゃったんだよおおう。

おばあちゃんが迎えにきてくれるまで、それほど時間はかからなかった。みのりのつたない説明だけを頼りに、おばあちゃんは山道を下ってきてくれた。泣きながらお腹にしがみついたみのりの背中を、おばあちゃんはやさしくなでた。

あの晩、お父さんとお母さんは約束通り、夜の九時に帰ってきた。弟は、お母さんに抱かれてすやすや眠っていた。

寝ずに帰りを待っていたみのりは、車が敷地内に入ってくる音が聞こえると、インキョの木戸をガタガタと開けて、「おかえりなさい」と声をかけた。お母さんはパジャマ姿の娘の頭をなでながら、暗がりの中、よく見ると、みのりの顔に傷がいくつかついているのに気がついた。お母さんに聞かれたみのりは、今日、竹やぶに入って迷ったこと、公衆電話から電話をかけておばあちゃんに迎えにきてもらったことを話した。お祭りにいこうとしたことは黙っておいた。

話を聞き終えると、お母さんは恐い顔をして、みのりに向かって同じ質問を繰り返した。

「電話にでた？　おばあちゃんが？」

みのりの後ろでは、夕飯を済ませて早々に寝てしまったおばあちゃんが、大きないびきをたてていた。

最近はもう、誰も外のトイレを使わない。

おばあちゃんは、どこからでも自由に出入りする。玄関から、勝手口から、お風呂場の窓から、家の人がまだ気づいていない隠し扉から。

お父さんに怒られようと、お母さんに腕をつかまれようと、おかまいなしだ。

「おばあちゃん、どんどん元気になっていくね」

弟のいう通りだった。自由になったおばあちゃんはたくましい。

みのりはふと台所に目をやった。

そこには冷蔵庫の扉を開けて、なかのものを物色しているおばあちゃんの後ろ姿があった。その小さな背中は、どう見ても、昨日よりピンと伸びていた。

森の兄妹

今日、モリオは学校で恥をかいた。川島君に借りていたマンガを返したら、川島君はモリオから手渡されたばかりのマンガをぺらぺらとめくって「うわ。湿ってる、湿ってる」と大声ではやしたてたのだ。モリオはハッとして、顔が赤くなった。はしゃぐ川島君の手からすべり落ちたそれを手に取ってたしかめてみたら、たしかに中のページが波打っていて、湿っていた。

「さわるな」

「ごめん」

「もうモリオには貸さない」

「ごめんね」

モリオは何かに夢中になっている時、それは面白いマンガを読んでいる時に限らず、テレビをみている時や、カブトムシ同士の戦いを見ている時もそうなのだけど、手のひらにたくさん汗をかいてしまうのだ。川島君のも含めて、友達のマンガをだめにしてしまうのは、これで五回目だった。

さらに今回は、川島君が返ってきたマンガをすみずみまで点検した結果、ラクガキも数カ所見つかった。川島君は弁償しろといったけど、お金を持っていないので、土下座をして許してもらった。

マンガが湿っていたのは自分のせいだけど、ラクガキについてはモリオも知らなかった。でも犯人はわかっている。妹だ。

「モリコー。おまえ兄ちゃんのマンガにまた勝手にラクガキしたな」

学校から帰って、玄関の扉を開けるなり、モリオは妹の名前を呼んだ。

妹のモリコは、畳の上に仰向けになり、お腹をだして昼寝しているところだった。

モリオはランドセルを下ろすと、引き出しからうすいタオルを一枚だして、妹のぷっくり膨らんだお腹の上にかけてやった。それから台所にいって米を研ぎ、炊飯器にセットした。少しぼーっとして、そのあとおもむろに立ち上がり、壁に向かって逆立ちの練習を始めた。

ドシン、バタン、という騒がしい足音で、隣りで寝ていたモリコの目が覚めた。大きなあくびをひとつして、「……おなかすいた」と言った。

「モリコ、おまえ兄ちゃんの友達のマンガにラクガキしたな」

「もうごはん？」

「ご飯はお母さんが帰ってから。おまえマンガにラクガキしたな。うそついても兄ちゃんわかるよ」

「おなかすいたよう」

モリコは眠気と空腹で機嫌があまりよくないようだ。

「モリコが川島君のマンガにラクガキしたから、もうおれ一生マンガ貸してもらえなくなっちゃった」

「おなかすいたよう」

妹はまだ赤ちゃんだから、お兄ちゃんのモリオがしっかりしないといけないのだ。叩いたり蹴ったり怒ったりしてはだめ。それが、兄妹のために休みなく働いているお母さんとの約束だ。

それにしても「魔剣とんぺい」をもう一生貸してもらえないことはあまりにも悲しい。順番が回ってくるのを待って待って、ようやく貸してもらえた

「とんぺい」の第五巻だった。黒モグラ軍団との闘いは始まったばかりだし、あつ子さんととんぺいの恋の行方も気になる。

「おなかあ、すいたあよう」

モリオはため息をついて立ち上がった。

「外、いこうか」


モリオとモリコの兄妹は、三時のおやつはいつもそのへんで調達している。兄妹は山道を歩きながら、それぞれ好きなものをつまんだりちぎったりして食べるのだ。モリコは花の蜜が好きだ。ホトケノザが群生している前にしゃがみこんで、小さなピンク色の花を上手にひとつずつつまんで口に入れている。モリオは、イタドリをよく食べる。根元のほうの皮をむいてモリコの顔の前にも差しだしてやると、モリコも蜜を吸う合間に、ひと口かじった。

季節によって、つつじや椎の実もおいしい。あと、スイバもよく食べるけど、これは、二人ともおいしくないと思いながらかじっている。

今日のおやつタイムは十五分で終わった。モリオはイタドリを投げ捨てて、そろそろ帰ろうというと、モリコがしっこしたいといいだした。

「今？」

「もれる」

「ガマンできない？」

「もれるう」

「そこでしといで」

「いや。へびがでる」

「でないよ」

「いやあー。へびがでるう」

モリオはモリコの手を引っぱって、用を足すのに適していそうな場所を探した。

「もれるう」

「ほらあそこは？　へびでないから」

「いや。チクチクするう」

「んもう。じゃああっちだ。もらすなよ、お願いだから」

昨日は昨日で、あそこにくじゃくがいるう、といってさわいだモリコだ。モリオが振り向くと、もちろん孔雀（くじゃく）なんてどこにもいなかった。ほんとだもんといいはって、その場から動こうとしないモリコを連れて帰るのには苦労した。

早足であちこち場所を移動して、ようやく良さそうな所が見つかった。

「ほら。ここならへびもでないしチクチクする草も生えてないよ」

そこはもう、ひとさまの家の敷地の中だった。車の停まっていないガレージの向かいに、物置のような小屋があり、その小屋のそばに立つ木の根元に、モリコはしゃがみこんだ。

モリコが用を足している間、モリオは何気なく周りを見回した。そこで、自分たちが勝手に人の敷地に入ってしまったことに気がついた。

ガレージの後ろには庭が広がっていて、芝生の上に青いボールが転がっていた。たくさんの鉢植えや、花壇があり、黄色や紫の背の低い花が咲いていた。花壇の横には洗濯物が干してあった。色んな大きさのタオルが風に揺れている。窓がたくさんあった。かなり大きな家だ。

いつのまにか、用を足し終えたモリコが隣りに立っていた。

「……帰ろうか」

「あれとって」

「何？」

「あれとってえ」

モリコは空を指差した。モリオが見上げると、そこには橙色(だいだいいろ)の実がいくつもなっていた。

「あっ。びわ！」

モリコがしゃがみこんだ場所に立っていた木は、びわの木だったのだ。モリオの目がきらきらと輝いた。

「すごい。いっぱい！」

「とって」

「よし」

モリオは橙色の実に手が届くところまで、すいすいと登っていった。目についたものから次々もいでいき、ぽとぽと下に落としていった。それをモリコが、はりきって拾い集めた。

木から下りると、その場で皮をむいて食べた。

「ああ甘い。おいしいねえ」

本当はまだ酸っぱかったけど、ふたりにとっては甘かった。種をかじろうとしているモリコに、モリオはペッと吐きだすよう教えた。

「そうだ。この種、家の外に植えよう」

落ちた実と一緒に種もポケットに入れた。

兄妹(きょうだい)の両手とお互いの服についているポケットだけでは、とても持ち帰れないくらいの量だった。もったいないけど、地面に落ちているのはまた明日(あした)取りにこようと決めた。

日が暮れてきたので、これが最後のひとつと決めて、口に含んだ時だった。

「ぼくちゃん」

突然、近くで声がした。

モリオはびっくりして、ひと口かじった実を落としてしまった。

今、たしかに「ぼくちゃん」と聞こえた。誰？　あたりを見回しても自分たち以外に誰もいない。

「にいちゃん。あれ」

モリコがモリオの手をつかんだ。モリコの怯（おび）えたような視線の先には、小屋があるだけだった。

「おいで」

また聞こえた。おいで、といった。小屋から聞こえる。モリオは声のしたほうにじっと目をこらした。

「……うわっ」

驚いて思わず叫んでしまった。びわの葉の陰に隠れて気がつかなかったけど、小屋には窓がついていた。その窓から、人の顔がこっちをのぞいているではないか。

モリオの頭は一瞬でパニックになった。この家の人だ。どうしよう。勝手にびわを食べて。怒られる……。

「おいで」

葉っぱで表情がよく見えないけど、声の感じからすると、窓からのぞいているのはどうやらおばあさんのようだった。モリオは少し安心した。しかも、その口調からすると、怒っているようにも思えない。

「こっちにおいで」

モリコの手が、モリオの手からすっと離れた。足が窓のほうに向かおうとするのを、モリオは妹の肩をつかんで咄嗟(とっさ)に止めた。

「す、すみませんでした」

モリオはモリコの手をつかみ、慌てて小屋のそばから離れた。地面に転がるびわを踏んづけながら、大急ぎできた道を戻っていった。

家に帰ると、途中でほとんど落としてきたのか、ポケットの中にはびわは一個しか残っていなかった。その一個はモリコが食べた。モリオには、なぜあの場から逃げだしてしまったのか、自分でもわからなかった。急に話しかけられてびっくりしたのだけど、思い返してみても、おばあさんは決して怒っていなかった。どちらかというと、歓迎してくれていたような気もする。

翌日、学校からの帰り道、モリオは遠回りして再び同じ場所を訪れた。

昨日、おばあさんが顔をのぞかせていた窓は、今日は閉まっていた。

奥に見える大きな家も、庭も、しんとしていて、人の姿はどこにもなかった。昨日と同じように、洗濯物だけが揺れている。そして上を見上げると、たくさんのびわの実がなっている。

モリオのお腹がグーッとなった。ランドセルを下ろして、少し緊張しながら木に登っていった。

木の上で、もぎたてを三つ食べた。家から袋持ってきたらよかった、と思いながら、ポケットにも詰められるだけ詰めた。そろそろと木から下りているモリオの背後で、カラカラカラ、と窓が開く音がした。

「あわ、あ、こ、こんにちは」

慌てて木からジャンプした。地面に片手をついて体を起こすと、しどろもどろになったけど、ちゃんとあいさつをした。

昨日のおばあさんが、開いた窓から、モリオのことを見ていた。

「……ぼくちゃん」

昨日もそんなふうに呼ばれた。今までぼくちゃんなんて呼ばれたことがない。おばあさんはにこにこしていた。モリオは恥ずかしくなった。

「おいで」

網戸越しに、おばあさんが手招きした。モリオは一歩前にでた。すでに近かったおばあさんとの距離が、ぐっと狭まった。モリオの目の前には、おばあさんの丸いおでこがあった。網戸にめりこんで、そこだけぽっこり飛びだしていた。網戸と壁にはわずかな隙間が空いていて、おばあさんはその隙間から、しわだらけの手を伸ばした。

モリオが自然に受け皿のようにして差しだした両手の中に、昆布飴が三つ、落ちてきた。

「わあ。ありがとうございます！」

モリオはお礼をいった。頰が熱くなっていた。おばあさんに背を向けて、わけもなく走って帰った。

握りしめていたので、帰ってから見ると、手の中の飴は変形していた。寝ていたモリコの頭のそばに、青色の紙でくるんである昆布飴をひとつ置いた。モリオは飴を二つ食べた。紙の色は黄色と赤の二種類だったけど、味はどちらも同じだった。持って帰ったびわは、全部モリコにあげた。走った時の振動でほとんど落ちてしまい、ポケットには二つしか残っていなかったけど。

次の日、学校は休みだった。モリオとモリコの兄妹は、お母さんに連れられて病院にいった。

病院には、月に一回通っている。病気なのはお母さんだ。何の病気かは知らないけど、病院で薬をもらわないと、お母さんはしぬ、とモリオは思っている。病気なのに、お母さんは朝から晩まで休みなく働いている。働かないと、モリオもモリコもお母さんも、みーんなしんじゃうのヨ、とお母さんはいう。モリオには、どうすることもできない。

診察が終わり、薬を受け取って出口へと向かっている途中、売店の前で、モリコはヨーグルトをたべたいといった。前を歩くお母さんにではなくて、モリオにいった。お母さんにいっても「ダーメ」といわれるからだ。モリオはだめとはいわない。モリコと一緒に売店の冷蔵ケースに顔を近づけ、中のヨーグルトをじっと見つめ、モリコと一緒につばを飲み込み、やがてため息をひとつつくと、モリコの手を取って何もいわずに歩きだす。ふたりはいつも、一緒にあきらめるのだった。

診察が思っていたより早く終わったので、お母さんは仕事が始まるまでの空き時間を、病院の近くにあるスーパーで過ごすことにした。

スーパーおおはしは、このあたりでは珍しい、二階建てのスーパーだ。家から遠いだけじゃなく、商品の値段が高いので、めったにくることはない。モリオは店のエスカレーターに乗るだけでワクワクした。

二階の本売り場でお母さんが週刊誌を立ち読みしているあいだ、兄妹は隣りのおもちゃ売り場で遊んだ。

箱に入った「魔剣とんぺい」の魔剣を、モリオは飽きることなく眺め回した。モリコはピンク色の小さなピアノの鍵盤(けんばん)を叩いて遊んだ。指で押さえる場所によってニャーとかメエ～とか音が鳴る。それに飽きたらガラスケースの中に並ぶ人形を見にいった。

同じ背丈の人形が、ずらりと十体並んでいた。胴体部分には、それぞれ違う色が塗られている。どの子もおもしろい顔をして、モリコを見ていた。赤い人形は怒っているし、黄色のは笑っている。緑はタコのように口をとがらせて、オレンジは泣いていた。髪型もみんなばらばらで、ちょんまげも坊主も三つ編みもいる。人形の横には真っ赤なボールが飾ってあった。

遠くでお母さんの声がした。いくわョお兄ちゃん。あら、モリコは？

「モリコ。もういくってさ」

モリオはガラスケースの前から動かないモリコの肩を突いた。

「にいちゃん。おにんぎょう」

モリコは十体の人形を指差した。モリオも見上げる。

「ああ」

「あれ。べーしてる」

左から二番目の白い人形はあっかんべーをしている。隣りの茶色は目を閉じて眠っているようだ。

「あれは人形じゃないよ」

モリオは妹に教えた。

「神様だよ」

「かみさま。じゃないよ」

「神様だよ。ほとけ様かもしれないけど。どっちかだよ」

「ちがうよー」

「そうだよ。それであの赤いボールは太陽だよ。神様と太陽は友達なんだから」

「ちがうよー。おにんぎょ」

「あんな人形ないよ」

「あるよー。こうみんかんに、大きいの」

「公民館に飾ってあるのはこけしだろ。これはこけしじゃないよ。似てるけど。ほらもういくよ。お母さん待ってる」

お母さんは自動販売機のそばのベンチに腰掛けて、兄妹がくるのを待っていた。

「あっちに神様たくさん売ってたよ」

モリオはお母さんに報告した。

病院からの帰り道、お母さんが押して歩く自転車の後ろで、モリコは眠ってしまった。寝ているモリコを家に置いてすぐに、お母さんは自転車で仕事場へ向かうのだ。

短い坂を下りて、道が二手に分かれるところで、モリオはお母さんにザリガニ捕りにいってくるとことわって、そこで別れた。実際、モリオはいつもの池に立ち寄ったけど、チラと池をのぞきこんだだけで、すぐに体の向きを変えて、ほんとうにいきたかった場所に向かった。

おばあさんの家の前に到着すると、モリオは「ゲッホン」と大きく咳払いをした。おばあさんが気づいて、窓を開けてくれるかもしれないと思ったのだ。

窓は閉まったままだった。葉っぱのこすれる音だけが聞こえる。あたりは静まり返っている。

することがないので、モリオはびわの木に足をかけた。木の上で四つ食べ、ポケットにいくつか入れた。木から下りる途中で、枝から手を放してエイと跳んでみた。着地は失敗、しりもちをついた。

起き上がろうとしているモリオの頭の上で、窓の開く音がした。顔を上げると、おばあさんの笑顔がこちらを見下ろしていた。

「ここ、こんにちは。へへへ」

立ち上がって、ちゃんとあいさつをした。

「ぼくちゃん」

また、ぼくちゃんだ。

「えへへ……」

「こっちにおいで」

モリオは半歩近づいた。これ以上近づくと、網戸に顔がぶつかってしまう。

おばあさんは昨日と同じように、こちらに向かって手を差しだした。昆布飴（あめ）二つと、透明なフィルムに包まれた長方形の茶色い飴が二つ、握られていた。モリオは両手で受け取ろうとしたけど、間に合わなくて四つとも地面に落ちた。急いで拾ってお礼をいった。

「あ、ありがとうございます」

「もっていってね……」

「はい」

「みいんな、もっていってね……」

「え、はい」

「みんな、あげる……」

「はい」

「ぼくちゃんに、みいんなあげる……」

「はい」

「おいで」

「あの」

「こっちおいで」

「ま、またきますっ」

おばあさんに会った日は、いつも走っている気がする。今回もまた走って帰った。

家の台所で水をごくごく飲んでいるモリオの横で、モリコはおばあさんからもらった飴をなめた。茶色の飴はニッキだった。「からい。からい」といいながら、うれしそうに足をバタバタさせた。

「それ、びわのおばあさんにもらったんだよ」

「からあい」

「びわのおばあさんに会いたい？」

「からあい。びわたべたい」

「あのおばあさんねえ、兄ちゃんになんでもあげるっていったんだよ。みんなあげるって。いいでしょう」

「モリコは？」

「モリコにはないよ。おれにだけ、あげるっていったもん」

「モリコも」

「うーん。じゃあ明日(あした)、妹にもなんかくださいってたのんであげようか」

「モリコびわたべたい」

「よしわかった。明日たのんであげよう」

そう約束したモリオだけど、翌日はおばあさんのところにはいかなかった。

放課後、川島君たちに誘われて、ドッジボールに参加することになったのだ。

モリオは何度もボールに当たった。ボールに当たればコートの外にでるのがルールだけど、モリオはずっと中にいた。途中から、ボールはモリオだけをめがけて飛んでくるようになった。誰かの投げた強烈な一球が、モリオの顔面に直撃して、鼻血が垂れた。その場にいた全員、血がでたことに驚き、急に心配そうな顔つきになった。モリオ大丈夫？　痛い？　投げたのおれじゃないからね。ボールを投げたのは川島君だ。青い顔をしてモリオに近づいてきた。

「モリオごめん」

「いいよ」

「おまえ、先生にいう？」

モリオは首を横に振った。

「いわない」

「ほんと？」

「うん」

川島君はランドセルの中から「魔剣とんぺい」の第十巻を取りだして、モリオに差しだした。受け取ろうとしたモリオの指は、鼻血で汚れている。川島君は慌ててマンガを引っ込めた。

「汚すなよ」

「うん、手洗ってくる」

「ぬらすなよ」

「うん、ぬらさない」

「絶対だぞ」

「うん」

川島君は手にしたマンガ本をモリオのランドセルの上に置いた。

「先生にいわないよな」

「うん！　いわない！」

鼻の痛みも、体の痛みも吹き飛んだ。モリオは五巻を読み終えたところだったから、次に読みたかったのは六巻なのだけど、十巻でもじゅうぶんうれしかった。

さらに、ついていることに、帰り道に白い手袋を拾った。まず、道路に片手だけ落ちているのを見つけて、少し進んだところでもう片方も発見した。泥がついていたけど、両手で何度もはたくときれいになった。今は手袋の必要な季節じゃないけど、モリオの頭には、別の使い道が浮かんでいた。手袋をはめて、借りたマンガを読むのだ。そうすれば、ページが汗で濡れてよれよれになることもないだろう。なんていいアイデアなんだ！　モリオは早く帰って、マンガを読みたくてたまらなかった。そういうわけで、おばあさんのことはすっかり忘れていた。

家に帰って、早速手袋をはめてマンガをひらいた。最初はページをめくろうとしても、するするすべって、なかなかうまくいかなかったけど、読み進むにつれて、こつをつかんだ。五巻からの話のつながりなんて、気にならない。モリオはあっというまに物語の世界に引き込まれていった。

十五分ほどで全体の三分の一を読み終えた。モリコは昼寝中で、お腹がすいたとも、遊ぼうともいってこない。黒モグラ軍団の団長は、とんぺいのじつの父親かもしれない、その真偽が明らかになるという、大事な場面にさしかかったところだった。モリオは一度手袋を脱いでトイレにいった。

トイレから戻ってくると、また手袋をはめた。伏せておいたマンガを手にとり、続きのコマに視線を落としたその時だった。玄関の扉が開く音がした。

「ただいまあ」

モリオは顔を上げた。こんな時間に珍しいことだけど、お母さんが帰ってきたのだ。寝ていたと思っていたモリコが飛び起きて、お母さんに抱きついた。

「おかえりなさい」

マンガを開いたまま、モリオはいった。

お母さんはモリオの手元をじっと見つめた。

「それどうしたの」

とお母さんがいった。

「川島君から借りたんだ」

とモリオはこたえた。

「そうじゃなくて、その軍手、どうしたの」

「これ?」モリオは自分の手を見た。「拾った」

すると、お母さんは突然モリオの手首をつかみ、大事な手袋を脱がそうとした。

「や、やめてよ!」

モリオは必死で抵抗した。どうしてお母さんがこんな乱暴なことをするのか、わからなかった。モリオは泣いて泣いて、その手袋がないとマンガ読めないんだ、と訴えた。手から汗がでるせいで、ページがよれよれになってしまうことや、次に同じことをしたら、今度こそほんとうに、永久にマンガを貸してもらえなくなることを、いっしょうけんめい説明した。

こんな、きたない軍手……、お母さんは悲しそうにつぶやいた。

モリオの大事な手袋は、台所のゴミ箱に捨てられた。

モリオはその晩、泣き疲れて眠ってしまった。翌朝、お母さんから、川島君にマンガを返してくるようにいわれた。お母さんのいいつけは絶対だ。三分の一しか読んでいない十巻を、川島君に「どうもありがとう」といって返したのだった。

モリオが次におばあさんに会いにいったのは、学校が春休みに入ってからだった。モリコも連れていった。

妹とおばあさんは前に一度会ったことがあるけど、今日はあらためて、ちゃんと紹介するつもりだった。モリオはドキドキしていた。前方に見えるびわの木に、一歩一歩近づくごとに、手のひらからじわじわと汗が染みだした。

（あっ、いる……）

びわの葉の陰、窓枠の隅っこに、おばあさんの顔がチラと見えた。いつからいたのか、兄妹（きょうだい）が近づいてくるのをにこにこしながら待っていた。

（わわ、ま、待ってる……）

モリオは恥ずかしくなって、わざと窓のほうを見ないようにした。

モリコが気づいて、先に駆け寄っていった。モリオはよそ見をしながらわざとゆっくり歩いていった。おばあさんのやさしい笑顔を見ると、恥ずかしさとうれしさと、そしてなぜか泣きたい気持ちになって、普段はしないような、ひきつった笑い方をしてしまう。

窓のそばまでくると、あいさつをした。

「こ、こんにちは。へへへ」

「ぼくちゃん……」

「ひ、ひさしぶりに、きましたよ」

おばあさんはうれしそうにうなずいた。

「……もっていってね」

「はい……。へへ」

「みんな、もっていってね」

「は、はい。ふふ……」

「みいんな、ぼくちゃんにあげる……」

「へへふふふ」

モリコは不思議そうに、おばあさんとモリオの顔を交互に見上げていた。

「おいで……」

「あ、あの、ぼくの妹のモリコです」

モリオが妹を紹介した。

「あの、妹にも、何かくれませんか」

おばあさんはうなずいた。

「よかった。妹はびわがいいっていうけど、びわだけじゃかわいそうだから」

「……わたしね、なあんにも、いらないの」

おばあさんがいった。

「はい、ふふ」

「おかねも、なあんにも、いらないの……」

「はい」

「ぼくちゃんに、あげる」

モリオは、コクコクとうなずいた。

「みいんな、もっていってね……」

壁と網戸の隙間から、おばあさんが手を伸ばした。今日は飴が握られていなかった。ふしだらけの指先が、小刻みに震えながら、少しずつモリオに向かって近づいてきた。
　モリオは右手を挙げた。ふたりの指と指が、あと少しで触れ合おうという
その時、おばあさんの背後から、突然、大人の男の声が響いた。
「ばあさん！　誰としゃべってんだ！」
　モリオは反射的にその場にしゃがんだ。一拍遅れて、立ちっぱなしのモリ
コの服のすそを引っぱって、無理矢理かがみこませた。モリオの耳に、バン、
という音が二回聞こえた。声の主が、小屋の戸を開けて、何もいわずに閉め
たのだ。戸を閉めてでていったのか、それとも小屋の中に入ったのか、モリ
オにはわからなかった。ただ、大人の男の声が恐ろしくてたまらなかった。
　しゃがんだままの姿勢で横向きに少しずつ移動して、雑草だらけの場所を抜
けると、モリオは妹の手をつかんで必死で走った。今回もまた、走って帰る
ことになった。

その夜。布団の中で、モリオは昼間のことを思い返した。おばあさんの丸いおでこ。あの笑顔。モリオをぼくちゃんと呼ぶ声。長い爪。しわしわの手。モリオになんでもあげるといった。全部もっていってといってくれた。マンガ本一冊さえ貸してもらえないモリオに。ヨーグルト一個買ってもらえないモリオに。

(逃げたりしなければよかった)

今すぐおばあさんのところへいって謝りたい気分だ。もう夜だからそれはできないのだけど。そして明日(あした)になっても、そんな勇気は湧いてこないのだろうけど。

無性に、おばあさんに会いたかった。突然の声に驚いて逃げて帰った日から、二週間がたった。勇気のないモリオだ。おばあさんの顔を思いだすたびに、あの時の大人の男の声までも、一緒に思いだしてしまう。勝手に敷地に入っておばあさんとおしゃべりをし、びわの実を盗んでいったのだ。もし見つかったら、ただじゃ済まされないだろう。鬼のような顔をした声の主に、ビンタされるかもしれない。いやだ、怖い、近づきたくない、だけどそれ以上に、おばあさんに会いたくてたまらない。

モリオのおばあさんに対する思いは、日増しに強くなっていった。家や学校で何か嫌なことがあると、夜、布団の中で目を閉じて、おばあさんと一緒にあの小屋で暮らしているところを想像した。毎日びわや飴を分けあって食べ、おしゃべりをし、夜はおばあさんと一緒の布団で眠るのだ。自分の家には帰らない。意地悪な友達がいる学校にもいかない。もし恐ろしい声の主にいじめられたら、おばあさんとふたりで、作戦を練って戦う。おばあさんを守るためなら、自分ひとりでも戦えるような気がする。画びょうや虫とりあみなど、武器になりそうなものをあらかじめ手に入れておこう。どうしてもお母さんの作るラーメンが食べたくなった時は、モリコにたのんでこっそり届けてもらうことにしよう……。

モリオは決意した。

五月に入って最初の土曜日。モリオは昼寝から目覚めたモリコを誘って外にでた。

「おばあちゃん、おばあちゃん」

久しぶりにびわのおばあさんに会えることがよほどうれしいのか、モリコはスキップをした。モリオも、スキップしたい気分だった。おばあさんに会えることがこんなにもうれしいなんて。会わなかったこの期間、向こうも寂しい思いをしたはずだ。モリオが「一緒に暮らそう」といったら、おばあさんはさぞびっくりするだろう。泣くかもしれない。

途中、モリコと手分けして、ホトケノザをたくさん摘んだ。茎を輪ゴムでしばって、花束にした。

「おばあちゃん、おばあちゃん」

いつのまにか、モリコのリズムがモリオにもうつっている。ふたり並んで、はねるようにして道を急いだ。

「見えた」

びわの木だ。数週間ぶりに見るあの目印。ずいぶん懐かしく感じた。ここからでは窓が開いているのか、閉まっているのかわからない。モリオの胸は高鳴った。モリコはかけ足になっていた。

「待って待って。ゆっくり」

自分の気持ちを落ち着かせるために、モリコの手をつかんだ。

(あ、窓開いてる)

今日は窓が開いていた。

（……なんか聞こえる）

開いた窓から、網戸と壁の隙間から、何か聞こえた。

（なんだろう）

モリオの胸の鼓動が速くなった。

（人の声だ）

テレビやラジオの音声ではない、生身の人の声だった。

（子供の声だ）

甲高い、男の子の声だった。

モリコのかけ足はどんどん加速していった。モリオは慌ててそれを制した。

窓まであと数メートルというところで、今度は歌が聞こえてきた。

（あ）

それは、モリオもモリコもよく知っている歌だった。

ハッピバースデー　ツーユー　ハッピバースデー　ツーユー

ハッピーバースデーディアおばあーちゃーん

モリオは前をいくモリコの体に手を伸ばした。暴れるモリコの口をふさぎ、そのまま担ぎ上げると、小屋に背を向け、きた道を引き返していった。

モリコのくつが片方なくなっていることに気づいたのは、家の玄関に辿り着いた時だった。道中、モリコは今までにないくらい泣き、暴れ、モリオの体を何度も殴った。モリオは殴られるままだった。いつまでも泣きやまないモリコを家に残したまま、モリオはなくしたくつを探しに、もう一度外にでた。

同じ道を辿っているのに、くつはなかなか見つからなかった。歩いて歩いて、ようやく、小さな赤いシューズを発見した場所は、びわの木のすぐそばだった。

(戻ってきちゃった……)

あたりはしんとしていた。歌も、人の声も聞こえなかった。

誕生日会は終わったのだろうか。転がったくつを拾い上げ、帰ろうと体の向きを変えた瞬間、モリオは思わず声を上げた。

「あっ！　くじゃく！」

右手にひろがる田んぼの向こうに、孔雀（くじゃく）が一羽、こっちを見つめてたっていた。

モリオは何度もまばたきをした。本物の孔雀は見たことがないけど、テレビ画面と図書室で、何度も目にしたことがある。間違いない。キラキラ光る緑色の体、鮮やかな赤、長い羽根……。

「ほんとだったんだ。うそじゃなかったんだ」

モリオは興奮した。モリコのバカバカ。なんでここにいないんだ。

「あっははは」

突然、背後から笑い声が聞こえた。

驚いて振り向くと、ガレージに停まった車の窓から、口ひげを生やしたおじさんが顔をのぞかせて、モリオに笑いかけていた。

「ありゃあ、孔雀と違うよ」

と、おじさんがいった。

モリオは息を飲んだ。

「あの鳥はね、キジっていうの」

今度は反対側から声が聞こえた。

振り返ると、モリオのすぐそばに、Tシャツ姿の女の子が立っていた。

「キジのオス。あたしも小さいころ孔雀だと思ってた。きれいだよね」

女の子はにこっと微笑んだ。

停まっていた車が、ゆっくりとガレージからでてきて、モリオと女の子の目の前を進んでいった。

「じゃあいってくる」

「いってらっしゃい」

女の子が運転席のおじさんに手を振った。

車がいってしまうと、女の子はモリオのほうに向き直った。

「何年生？」

「に、にねん」

「あら、弟と一緒だ。何組？」

「二組……」

「弟、三組なの。隣りね」

モリオはこくんとうなずいた。

「おうち、このへん？」

「ちょっとだけ、遠く」

「そう。あらそれなあに」

女の子はモリオが手にしている赤いシューズに目をとめた。モリオは思わずそれを背中に隠した。

「あ、あの、もう、おばあさんのお誕生日会、終わったんですか」

ごまかそうとして、そんなことを口にした。そしてすぐに後悔した。

モリオの心の動揺を、女の子はさして気にとめていないようすで、「うん、さっき」といった。

「きみ、うちのおばあちゃんのこと知ってるの」

「しし知りません」

モリオはうそをついた。

「知ってるなら、誕生日会呼んであげたらよかったな。おばあちゃん、たった今、車に乗って病院にいったところなの」

「えっ、おばあさん病気なんですか」

「うん」

「入院するんですか」

「ううん。夜には帰ってくる。二週間に一回、お父さんが車で市内の病院まで連れていくのよ」

「そうですか……」

「きみ、おばあちゃんのこと知ってるなら、いつでもうちに遊びにきてよ。おばあちゃんきっと喜ぶわ」

「はい……」

「よかった。あら、なんだろうこれ」

女の子はふと足下に目をやり、腰をかがめた。つまんで拾い上げたのは、しおれた雑草を輪ゴムでしばったものだった。

「これきみの?」

「ち、違いますっ」

モリオの顔が赤くなった。それを隠すように、女の子に背を向けた。

「あれ。帰っちゃうの」

モリオはスタスタ歩きだした。

「ねえ約束よ。遊びにきてね」

　モリオは走りだした。


　家に帰ると、モリコはもう泣いてはいなかった。部屋のすみにちょこんと座って、熱心に何かを読んでいた。てっきり絵本か何かだと思っていたモリオは、近づいてみて驚いた。

「魔剣とんぺい！」

　モリコが読んでいたのは「とんぺい」の三巻だ。

「どうしたのこれっ」

「さっきお母さんがもってきた」

　モリコは台所のテーブルを指差した。テーブルの上には、マンガ本が山積みになっていた。

三巻だけじゃない。駆け寄ってみると、一巻も二巻も、モリオがほんとうに読みたかった六巻も、三分の一まで読んだ十巻も、発売されたばかりの十四巻まで、すべて揃っていた。

「すっげー！」

回覧板を届けにいっていたお母さんが戻ってきた時、モリオは妹よりも速くとんでいって、思いきり抱きついた。そうして、第一巻から順番に読んだ。手袋はしなかった。楽しくて、興奮して、手に汗をいっぱいかいた。

おばあさんの家にいったのは、その日が最後になった。

モリオは二度といかなかった。孔雀(くじゃく)も、二度とあらわれることはなかった。

解説　今村夏子は何について書いているのか

西崎　憲（作家）

今村夏子が何について書いているかはまだ誰も知らない。

こう書くと、いぶかしく思われるかもしれない。今村夏子の文章は平易で、曖昧なところはどこにもない。見えるものが書かれ、見えないものは書かれていない。しかし本書を手に取ったかたには、この主張はまず感覚的に納得していただけるのではないだろうか。すこし長い話になるがつきあっていただきたい。

1　ここまでのあらすじ

本書は今村夏子の二冊目の文庫である。簡単に作者と作品の経歴を記そう。

今村夏子は二〇一〇年に第二六回太宰治賞を受賞した。同賞は筑摩書房と三鷹市が主催する賞で、既成の文学観に縛られないところがあり、識者に注目される賞である。

今村の応募作「あたらしい娘」が太宰賞に送られたことは幸福なことだったのかもしれない。

「あたらしい娘」は受賞後「こちらあみ子」と改題をほどこされ、書き下ろしの「ピクニック」と併せて刊行されて、手にした読者の心を深く揺さぶった。同書は第二四回三島由紀夫賞を受賞する。

「こちらあみ子」は紛れもない傑作である。たぶん二一世紀の日本の小説のアンソロジーが編まれたらかならず収録されるような中篇で、傑作というものにはおうおうにしてそういう傾向があるが、読むまえにどんな詳しい説明を聞いていても、読後それらの説明が全部見当違いではないかと人に思わせる作品である。そして「こちらあみ子」を語ることは、しばしば作品ではなく自分を語ることになる。そうした働きを理解しつつ、あえて言えば、同作はプロメテウス的な問題を扱った作品ではないかと個人的には考えている。

壊れたトランシーバーで交信しようとするあみ子、人とあまりに違うあみ子は疎外され、苦痛を忍ばねばならない存在である、しかしあみ子はまた人に何かをもたらす存在でもある。そうした作用は宗教に似ているが、より個人的なものと言えるだろう。観念に寄るのではなく、人の個人性というものに寄るのだ。

そういう作品を書いた人間がただですむわけはない。「こちらあみ子」を書くという仕事は人間には担いきれない重さだったのではないかと思う。

三島由紀夫賞受賞決定後の電話インタビューで今村は率直な口調で「今後書く予定はない」といった意味のことを述べる。

その後、二〇一四年の文庫版『こちらあみ子』に短篇「チズさん」を書くが、それから後はまた沈黙に入る。

おそらくこの時点で、多くの読者や編集者は、この作者の新しい作品はもう読めないかもしれないと思っただろう。そしてあれほどの作品を書いた作者なのだからそれも仕方がないと諦（あきら）めたかもしれない。

しかし、そうはならなかった。

電話インタビューから四年と十一か月後の春、新しく刊行された文芸誌が書店に並ぶ。『文学ムック たべるのがおそい』という一風変わった名前のその文芸誌の表紙には、月曜日の後が火曜日であるように、ごく当たりまえに今村夏子の名前が記されていた。そしてなかを開くと、簡素な作品名が目にはいる。

「あひる」

そう、それがこの集に収録された作品である。そして新作「あひる」は「こちらあみ子」とは違った世界、ある種、より精緻(せいち)な世界を見せてくれるものだった。

2　あひるの登場

「あひる」が提示する世界を見てみよう。

語り手である「わたし」は医療系の資格を得るために勉強をしている。何らかの学校などに行くわけではなく、自宅や喫茶店で勉強をしている。

語り手は両親と暮らしている。三人暮らしの静かな暮らしである。

そしてある日、父親があひるを家につれてくる。

「あひる」の世界を捉(とら)えがたくさせているのはこのあひるである。

ここから先は既読の読者向けに書こう。

引退した父親が昔の同僚から貰(もら)ってきたあひるは、さまざまな人間から愛される存在であるにもかかわらず、交換可能である。最初のあひるは死に、べつのあひるに交換され、それが死ぬとさらにべつのあひるに交換される。

それが意味することは案外こわいことである。

あひるはおそらくは親しみやすく印象的な姿ゆえに、愛される存在であり、その姿ゆえに交換可能である。それを人間に置き換えると慄然とするのではないだろうか。この「あひる」が胸騒ぎを起こさせるのは、たぶんそういうことを仄めかすからだろう。

交換可能なものははたしてあひるだけか。語り手はどうか、両親はどうか、そして子供達は、暴力的な弟は、そして生まれてくる弟夫婦の赤ん坊は交換可能なものではないか？ それらはもしかしたらシステムや組織といったものの存続を助ける一機能に過ぎないのではないか？ あひるが両親にとって、そして子供たちにとってそうであるように。

一方、あひるにたいして一定の距離を置く語り手は不分明で流動的な存在である。語り手は勉強中である。あるべき姿にまだ至っていない名指せないものである。「わたし」は名前を持たない。

不可思議な二階のエピソードを思い起こして欲しい。

あひるの「のりたま」に会いにきた男の子は二階の窓から顔を出した語り手の姿に驚き、指さして「人がいる」と言う。母親はそれにこたえて「娘よ」という。

なぜこのような記述があるのだろう、この記述はなんのためになされているのか、評者は長いあいだ考えた。もちろんそういう疑問には正解はないのだが。

子供が発した「人がいる」という語には気味の悪さがある。その気味の悪さにはたぶん複数の意味が隠れているが、そのひとつは「わたし」が意外な存在であるということだろう。

男の子はあひるを中心とするシステムのなかでは安定した存在であり、あひるという価値を体現する要素である。そういう存在にとって「わたし」が意外であるということは「わたし」がシステムの外にいる可能性を示唆する。

あひるシステムのなかでは、語り手は名前を持たない影のようなものなのだ。そして「あひる」が特別な作品になっているのは、ひとえにこの「人がいる」の箇所ゆえではないかと思う。

作品というものはひとつのシステムであり、登場人物や作中で起こることはそのシステムから逃れることはできない。

しかしほんとうにそうだろうか。システムのなかに組みこまれていながら、システム全体に言及するようなことはできないのか？

終始平明な文体で書かれた「あひる」の背景にあるのは、そうした疑念に関連した実践ではないだろうか、筆者にはそう思われる。

そして、作品のなかでその作品のシステム自体に言及する試みは、じつはあらゆるシステムや制度や組織への言及に容易に繋がっていく。それらがもたらすものは、不穏さであり、当惑である。当然だろう。システム自体について語ることはシステムを不安定にさせることなのだ。その不安定は読者に伝染する。海外には今村夏子とそのあたりを共有するのではないかと思われる作家が一定数存在する。いずれも読者を当惑させる作家である。名前だけになるが幾人かあげておこう。

エドガー・アラン・ポー、A・E・コッパード、アンナ・カヴァン、クリスティン・ブルック＝ローズ、ウィリアム・トレヴァー、イタロ・カルヴィーノ、フリオ・コルタサル。

「あひる」にはほかにも見るべき箇所が多い。孤独にたいする両親の恐怖、夜に突然家を訪ねてくる少年、弟の暴力的な理不尽さ、同様に理不尽な弟への家族の隷従。「あひる」においては、なんらかの「恐怖」もまた重要な要素であるように見える。

3　おばあちゃんと森について

「おばあちゃんの家」と「森の兄妹」は一点を接してたくみにつながっている。今村夏子は構築力にもめぐまれた作家なのだ。

前者に登場するのはみのりと弟の姉弟、後者に登場するのはモリオとモリコの兄妹である。この構成にもなんらかの意味があるのだろうか。「あひる」もまた姉弟の話である。

二作から思ったのはまず今村夏子の児童文学の素養の深さである。

小説にたずさわる者はけっして児童文学を軽んじてはならないと思うのだが、どうも現実にはそうはならないようで、残念ながら児童文学は文学地図の一番端に置かれる運命を甘受している。児童文学こそ作家たちの親であるのに。

「おばあちゃんの家」と「森の兄妹」はどちらも子供の歩行速度で書かれたような作品で、並々ならない集中の賜物と思われる文の柔らかさ穏やかさに感歎の念を覚える。

ひとつひとつのエピソードはすべて深い壁龕のような奥行きをそなえている。

みのりとも両親とも血のつながりがないおばあちゃん。

みのりが迷子になって家に電話したとき、受話器をとったのはおばあちゃんだった。なぜインキョにいるはずのおばあちゃんがそこにいたのか。

「森の兄妹」には児童文学の愛好家だったら嗚咽をもらすような要素があふれていて、眩暈がするようだ。

汗っかきのモリオ。

かいがいしく妹のモリコの面倒をみるモリオ。

たぶん金持ちで、いじめっ子気質の川島君。

蠱惑(こわく)的な魅力をそなえた『魔剣とんぺい』の世界。

そしてみのりがモリオに会うときに判明すること――みのりの弟とモリオが同級生で、隣のクラスであること。

孔雀(くじゃく)／キジの顕現。

ふたつの話をつなぐ「スーパーおおはし」。

そして最後の特大の祝福。

「こちらあみ子」や「あひる」もそうなのだが、この連作のような「児童文学に過ぎない」ように見える小説もまたこれまで日本には存在しなかった。断言しておこう。

4　で、いったいどういうことなのか？

こういう笑い話を耳にしたことがあるだろうか。

若い父親が子供を銭湯につれていく。元気な子供は湯船につかっているときに、興味深いものを発見して大声で父親に報告する。パパ、あのおじさん、背中に絵が描いてあるよ。

子供はそれに言及すべきでないことを知らなかった。それは口に出してはいけないことだった。

現代ではみんな言ってはいけないことが何かを知っている。

小説というものは何を書いてもいいものだろうか。文学には自由が許されていて、なんでも書けるのだろうか。いやそうではない。違う。小説にはごく少ないことしか書けない。

極端に暴力的なことは書けない。極端に差別的なことは書けない。極端に反商業的なことは書けない。

出版社の意向があり、編集者の意向があり、自己規制がある。

無言の規制はあまりに多く、素晴らしい個性や才能を持った新人もすぐに角を丸められ、飲みこみやすいものに変えられる。

そしてたいていの作家は型紙を使って書くようになる。

型紙を作ったのは自身であるが、それは昔の話で、もうずっと同じものを使っている。新しい型紙を作りたい気持ちがあっても、売れている場合、周囲はそれを薦めない。売れていなければそもそも仕事自体が消失する。

今村夏子は新しい型紙を作る。その型紙からできた服はすこし変になる。そしてその服を着た人を見るとみんなざわざわした変な気持ちになる。

裸の王様を裸だと言った子供は現代では不幸になるだろう。王様は裸ではないのだ。王様はその子供には見えない社会性という立派な服を着ている。子供はその見えない服が見えないことで疎外されるだろう。子供よ、それが見えないのはおまえだけだ、と言われて。

今村夏子はその子供のひとりであり、おそらく裸の王様が着ている服が見えない。王様の服の立派さが見えない。しかし王様がさっきから寒いと思っていること、薄いシャツが一枚でもあったらと考えていることには気がついている。そしていまそのことを書こうとしているところだ。

今村夏子書誌

『こちらあみ子』筑摩書房、２０１１年1月
『こちらあみ子』ちくま文庫、２０１４年6月（「チズさん」追加収録）
「あひる」『文学ムック　たべるのがおそい』Vol.1 掲載、２０１６年4月（第１５５回芥川龍之介賞候補）
「父と私の桜尾通り商店街」『文芸カドカワ』２０１６年9月号掲載
『あひる』書肆侃侃房、２０１６年11月（第5回河合隼雄物語賞）
「白いセーター」『文学ムック　たべるのがおそい』Vol.3 掲載、２０１７年4月
『星の子』朝日新聞出版、２０１７年6月（第39回野間文芸新人賞）
「冬の夜」『文芸カドカワ』２０１７年8月号掲載
「木になった亜沙」『文學界』２０１７年10月号掲載
「せとのママの誕生日」『早稲田文学』増刊女性号掲載、２０１７年9月
「ルルちゃん」『文芸カドカワ』２０１７年12月号掲載
「ある夜の思い出」『文学ムック　たべるのがおそい』Vol.5 掲載、２０１８年4月
『あひる』角川文庫、２０１９年1月（本書）
『父と私の桜尾通り商店街』ＫＡＤＯＫＡＷＡ、２０１９年2月（予定）

本書は、二〇一六年十一月に書肆侃侃房より
刊行された単行本を文庫化したものです。

あひる

今村夏子（いまむらなつこ）

平成31年 1月25日 初版発行
令和3年 7月30日 6版発行

発行者●堀内大示

発行●株式会社KADOKAWA
〒102-8177 東京都千代田区富士見2-13-3
電話 0570-002-301(ナビダイヤル)

角川文庫 21405

印刷所●株式会社KADOKAWA
製本所●株式会社KADOKAWA

表紙画●和田三造

ISBN 978-4-04-107443-5 C0193

◆◇◇

角川文庫発刊に際して

角川源義

第二次世界大戦の敗北は、軍事力の敗北であった以上に、私たちの若い文化力の敗退であった。私たちの文化が戦争に対して如何に無力であり、単なるあだ花に過ぎなかったかを、私たちは身を以て体験し痛感した。西洋近代文化の摂取にとって、明治以後八十年の歳月は決して短かすぎたとは言えない。にもかかわらず、近代文化の伝統を確立し、自由な批判と柔軟な良識に富む文化層として自らを形成することに私たちは失敗して来た。そしてこれは、各層への文化の普及滲透を任務とする出版人の責任でもあった。

一九四五年以来、私たちは再び振出しに戻り、第一歩から踏み出すことを余儀なくされた。これは大きな不幸ではあるが、反面、これまでの混沌・未熟・歪曲の中にあった我が国の文化に秩序と確たる基礎を齎らすためには絶好の機会でもある。角川書店は、このような祖国の文化的危機にあたり、微力をも顧みず再建の礎石たるべき抱負と決意とをもって出発したが、ここに創立以来の念願を果すべく角川文庫を発刊する。これまで刊行されたあらゆる全集叢書文庫類の長所と短所とを検討し、古今東西の不朽の典籍を、良心的編集のもとに、廉価に、そして書架にふさわしい美本として、多くのひとびとに提供しようとする。しかし私たちは徒らに百科全書的な知識のジレッタントを作ることを目的とせず、あくまで祖国の文化に秩序と再建への道を示し、この文庫を角川書店の栄ある事業として、今後永久に継続発展せしめ、学芸と教養との殿堂として大成せんことを期したい。多くの読書子の愛情ある忠言と支持とによって、この希望と抱負とを完遂せしめられんことを願う。

一九四九年五月三日